Fate/Zero 5

페이트/제로

어둠의 태동

In the battleground, there is no place for hope. What lies there is just cold despair
and a sin called victory, built on the pain of the defeated.
The world as is, the human nature as always, it is impossible to eliminate the battles. In the end,
killing is necessary evil-and if so, it is best to end them in the best efficiency and at the least cost,
least time. Call it not foul nor nasty. Justice cannot save the world. It is useless.

Fate/Zero 5
Yami no Taidou
ⓒGen Urobuchi 2011
All rights reserved.
Original Japanese edition published by SEIKAISHA Co., Ltd.
Korean publishing rights arranged with SEIKAISHA Co., Ltd.
through KODANSHA LTD., Tokyo

Fate/Zero 5

어둠의 태동

우로부치 겐

일러스트/타케우치 타카시 · TYPE-MOON

Premium
extreme
novel

에미야 키리츠구
아인츠베른에 고용된 '마술사 킬러'.

코토미네 키레이
이단을 사냥하는 성당교회의 대행자(代行者).

토오사카 토키오미
'근원'에 도달하고자 하는 비원(悲願)을 가진 마술사의 명문가, 토오사카 가의 현 당주.

마토 카리야
집안의 대를 잇기를 포기하고 마토 가에서 달아난 남자.

아이리스필 폰 아인츠베른
아인츠베른 가가 연성한 호문쿨루스. 키리츠구의 아내.

웨이버 벨벳
'시계탑' 소속의 견습 마술사. 스승으로부터 성유물을 가로채서 성배전쟁에 도전한다.

세이버
기사왕. 그 정체는 아서 펜드래건.

아처
영웅왕. 인류 사상 가장 오래된 영령, 길가메시가 이 세상에 현계(顯界)한 모습.

라이더
정복왕. 오케아노스를 지향하며 고대 세계에서 천하를 제패한
고대 마케도니아 왕국의 이스칸다르 왕.

버서커
'광화(狂化)'한 수수께끼의 영령.

ACT. 12

마토 카리야는 칠흑 같은 꿈속에 있었다.

아무것도 보이지 않는다. 아무것도 들리지 않는다.

그저 피부에 닿는 어둠의 압도적인 밀도를, 무게로 느낀다.

이곳은 어디인가…. 그렇게 물었을 때에 깨닫는다.

그 어디도 아니다. 이곳은 누군가의 내부라고.

그래서 카리야는 어둠을 향해 물었다. 너는 누구지? 라고.

짓누르는 듯 압박하는 어둠이 요란한 소리를 낸다. 울부짖는 바람처럼. 갈라지는 대지처럼.

「나는—

　　　기피되는 자—

　　　　　조소받는 자—

　　　　　　　멸시받는 자—.」

어둠 속에서 묵직하게 소용돌이치는 농밀한 그림자가, 요란하게 꿈틀거리며 인간의 형체를 이룬다.

칠흑에 잠긴 갑옷과 투구. 어둠보다도 소름 끼치게 빛나는 두 눈동자.

버서커. 마토 카리야의 저주의 구현… 아니, 그 증오가 시간의 끝에서 불러들인 서번트.

「내 이름은 찬양받을 가치가 없다―

　　내 몸은 선망할 가치가 없다―

　　　　나는 영령의 빛이 낳은 그림자―

　　　　　　눈부신 전설의 그늘에 생겨난 어둠―.」

　땅속에서 기어 올라오는 독기처럼, 원망스럽게 울리는 한탄의 목소리가 사방에서 카리야를 에워싼다.

　너무나도 역겨운 모습에 카리야가 눈을 돌리려고 한 순간, 차가운 강철의 장갑이 천천히 그에게 뻗어 오더니 물어뜯듯이 카리야의 멱살을 거머쥔다.

　마르고 쇠약한 카리야의 체구는 그대로 공중에 들려 올라가서 버서커의 눈앞, 그 광기에 소용돌이치는 눈빛을 직시할 수밖에 없는 위치에 고정된다.

「그렇기에―

　　나는 증오한다―

　　　　나는 원망한다―

　　어둠에 가라앉은 자의 탄식을 양식 삼아, 눈부시게 빛나는 저들을 저주한다―.」

"…으윽."

　사정없이 목을 졸라 오는 강철의 장갑에 저항하며 고통의 신음소리를 흘리는 카리야의 시야에, 또 다른 경치가 망양하게 떠올랐다.

찬연히 반짝이는 빛의 검. 그 칼자루를 쥔 영롱한 젊은 무사.

카리야도 본 적이 있었다. 그것은 아인츠베른이 부리는 서번트, 세이버.

「저 고귀한 모습이야말로 나의 치욕.

　　　　그 긍지가 불후하기에, 나 역시 영원히 멸시받는다―.」

검은 기사의 투구가 갈라진다.

드러난 그 면모는 여전히 어둠에 덮여 있지만, 숯불처럼 타오르는 두 눈동자 아래에서 굶주림에 따닥따닥 떠는 삐뚤빼뚤한 이빨만은 또렷하게 보였다.

「네놈은, 먹이다―.」

냉혹하게 선언하더니, 버서커는 다짜고짜 카리야를 끌어안고는 그 흉측한 이빨로 경동맥을 물어뜯었다.

격통에 카리야는 절규한다.

그러나 그 외침에도 전혀 거리낌 없이, 광기에 찬 흑기사는 카리야의 숨통에서 넘쳐 나오는 피를 빨아들이고 목을 울리며 삼킨다.

「자, 더 넘겨라―

　　　　네놈의 생명을, 네놈의 피와 살을―

　　　　　　나의 증오를 구동시키기 위해―!!」

싫어….

그만둬….

살려 줘!

할 수 있는 모든 말로 용서를 빌고 도움을 청해도, 이 어둠 속에 구제 따위가 있을 리 없다.

인정사정없이 빨려 나가는 피.

눈앞이 새빨갛게 명멸하고, 고통과 공포에 휘저어진 사고는 차츰차츰 맥락을 잃어 간다.

그래도 최후에 남은 모든 힘을 쥐어 짜내서, 카리야는 다시 한 번 온 힘을 다해 비명을 질렀다.

×   ×

비명과 함께 눈을 뜬 장소는 여전히 어둠 속.

그래도 차고 습한 공기와 쉰 냄새, 그리고 수없이 많은 벌레들이 구물거리며 기어 다니는 흉측한 움직임은 그것이 틀림없는 현실의 감각임을 고하고 있다.

"……."

조금 전의 악몽과 이 현실, 대체 어느 쪽이 마토 카리야에게 자비로운 세계일까.

적어도 이 빈사의 몸을 의식하지 않을 수 있었던 만큼, 차라리 악몽 쪽이 행복했는지도 모른다.

화염에 불타며 건물 옥상에서 떨어진 자신이 대체 어떤 기적에 의해 구원받아 이렇게 산 채로 다시 마토 저택 지하의 벌레창고로 돌아왔는지, 그의 기억만으로는 도저히 알 수가 없었다.

팔다리의 감각은 거의 없지만, 쇠고랑에 묶여 벽에 매달려 있다는 것은 알 수 있다. 자신의 다리로는 설 수 없어서 축 늘어진 온몸의 무게를 받아 내고 있는 두 어깨는 떨어져 나갈 것처럼 아프다. 하지만 그것조차도 벌레들이 온몸 위를 기어 다니고 있는 소양감搔痒感에 비하면 대수롭지 않다.

벌레들의 턱이 불타 버린 피부를 핥자, 그 아래에서 새로운 분홍빛 피부가 모습을 보인다. 어떻게 된 일인지 화상이 치유되어 가고 있는 듯하다.

아마도 못자리인 카리야의 몸을 조금이라도 오랫동안 유지하려는 각인충의 작용일 것이다. 하지만 그것도 완전히 헛수고다. 피부를 재생하기 위해서는 카리야의 마력을 억지로 조달해야만 했고, 그것은 그의 몸에 얼마 안 남아 있는 생명력을 고갈시켜 갔다. 살짝 숨을 들이쉬고 토해 내는 것만으로도 조금씩 체력이 소모되어 가는 것을 또렷하게 실감할 수 있었다.

이제 곧, 나는 죽는다….

저항할 방법 없는 그 인식과 함께, 뇌리에 오가는 것은 아오이, 그리고 사쿠라의 얼굴.

목숨과 바꾸어서 구하겠다고 맹세했지만… 결국 아무것도 이루지 못했다. 그 분함과 부끄러움이 몸의 고통보다도 통렬하게 카리야의 마음을 죄어 온다.

그리고 사랑하는 사람들의 회상 다음에는 토오사카 토키오미의 점잔 빼는 얼굴이, 마토 조켄의 커다란 웃음소리가 가슴속을 새카맣게 물들인다.

"젠장…."

쉬어 버린 목구멍 안에서, 카리야는 온몸의 힘을 다해 원한을 토해 냈다.

"젠장…. 젠장, 젠장…."

오열에 늘어지는 목소리를, 뒤에서 들려온 자못 유쾌하다는 듯한 작은 웃음소리가 덮는다.

천천히 지팡이를 짚는 소리로 발밑의 벌레들을 쫓아내며 카리야가 있는 벽 쪽으로 다가오는 늙고 왜소한 몸은, 그가 원망해 마지않는 마토 조켄이었다.

"이거야 원. 아주 꼴사납게 변해 버렸구나, 카리야."

노마술사는 손에 든 지팡이의 자루를 카리야의 턱 아래에 집어넣어서 억지로 고개를 들게 했다. 이미 상대를 매도할 기력조차 없는 카리야로서는, 아직 기능을 잃지 않은 오른쪽 눈에 증오와 살의를 담아서 상대를 노려보는 것이 고작이었다.

"착각하지 마라. 나는 나무라고 있는 것이 아니야. 이만한 부상을 입고서도 용케 산 채로 돌아왔다. 카리야, 누구의 도움을 받았는지는 모르겠지만 네놈은 이번 승부에 상당한 운이 따르고 있는 것 같구나."

간사한 목소리로 '아들'을 위로하는 조켄은 전에 없이 기분이 좋았고, 그렇기에 웃음을 머금은 얼굴은 한없이 사악하게 보였다.

"이미 세 명의 서번트가 쓰러졌고, 남은 것은 넷. 솔직히 네놈이 여기까지 물고 늘어지리라고는 예상치 못했다. 이건 어쩌면… 이 도박에서 내가 대박을 터뜨릴 가능성도 아주 없는 것은 아닐지도 몰라."

그래서 말이다, 라며 조켄은 말을 끊고 거드름 피우듯 잠시 침묵을 지켰다.

"다시 한 번 판돈을 올려 보는 것도 나쁘지 않을 것 같구나. 카리야, 네놈에게는 내가 최고의 국면을 대비해서 감춰 두고 있던 비장의 무기를 주겠다. 자아…."

꾸욱, 하고 조켄이 지팡이의 손잡이로 카리야의 목젖을 눌렀다. 카리야가 견디지 못하고 신음하며 입을 벌린 그 순간, 뭔가가 쥐처럼 잽싸게 조켄의 지팡이를 기어 올라가서 카리야의 입 속으로 뛰어들었다.

"커, 후우…욱!"

역겨움과 고통에 신음하는 카리야. 토해 내려고 해도 이미 늦었다. 침입에 성공한 벌레는 목구멍에서 식도로 사정없이 침입을 계속했고, 끝내 경련하는 배 속까지 이르렀다.

그 직후, 이번에는 복강을 인두로 지지는 듯한 맹렬한 작열감이 카리야의 몸을 안쪽에서 태웠다.

"크아아아아악…카아악?!"

너무나 뜨거워서 카리야는 쇠고랑의 사슬을 세차게 울리며 몸을 뒤틀었다. 그때까지 정체되어 있던 온몸의 혈류가 미쳐 날뛰듯이 비등하고, 심장이 파열될 듯이 빠르게 뛰기 시작한다.

그것은 농축된 마력의 덩어리였다. 카리야의 몸 안에 있던 각인충이 곧바로 활력을 되찾고 일제히 활동을 재개한다. 카리야의 온몸에 둘러쳐져 있던 의사疑似 마술회로가 전에 없을 정도로 들떠 움직이기 시작하고, 사지가 찢겨 나가는 것 같은 무시무시한 통증을 일으켰다. 그러나 그것은 마비되어 있던 카리야의 팔다리에 다시 감각이 돌아왔음을 의미하는 것이었다.

'비장의 무기'의 충분한 효과를 지켜보고, 조켄은 소리 높여 웃었다.

"카카카카캇, 효과가 제대로군.

지금 네놈이 삼킨 음충淫蟲은 사쿠라의 순결을 처음으로 흡수했던 한 마리다. 어떠냐, 카리야? 이 1년간 진득하게 빨아들인 계집의 정기…. 극상의 마력이지?"

그 한없이 잔인한 처사가 그의 타고난 잔학성을 만족시킨 것인지, 노마술사는 얼굴 가득 미소를 지은 채 발길을 돌렸다. 그대로 천천히 벌레창고에서 떠나갈 때까지, 조켄의 비웃음 소리는 계속해서 카리야의 귀를 괴롭혔다.

"자. 싸워라, 카리야. 사쿠라에게 빼앗은 그 생명, 마음껏 불태워라. 피도 살도 **뼈도** 남김없이 소비해서 성배를 손에 넣어라! 네놈 따위가 할 수 있다면 말이다!"

그리고 창고의 문이 여닫히는 묵직한 소리가 들린 뒤, 주위는 다시 차가운 어둠과 벌레들이 기어 다니며 우는 소음에 휩싸였다.

카리야는 홀로 소리 죽여 흐느껴 울었다.

뜨뜻미지근한 오후의 햇살이 낡은 창고의 외벽을 부드럽게 데우며 천천히 중천을 지나간다.

하지만 작은 채광창으로 약간의 빛줄기만이 비쳐 드는 고요하고 싸늘한 창고 안은, 해 질 녘 같은 엷은 어둠 속에 잠겨 있었다.

세이버는 벽 쪽의 바닥에 앉은 채로 가만히 때를 기다리고 있었다.

옆에 있는 마법진에는 가슴에 손을 모은 자세로 누워 있는 아이리스필이 여전히 혼수상태에 빠져 있다. 이른 아침에 그녀를 여기로 옮겨 온 이래, 세이버는 꼼짝도 하지 않고 잠든 그녀의 옆얼굴을 지켜보고 있었다.

어제 아이리스필과 둘이 함께 그렸던 마법진은 정말로 그 기능을 발휘하고 있는 것일까?

호문쿨루스인 그녀에게는 이 마법진 안에서 휴식을 취하는 것이 몸을 회복시키는 유일한 방법이라고 했다. 함께 부설 의식을 집행한 것이 마치 먼 옛날의 일처럼 생각된다.

실제로, 긴 하룻밤이었다.

협공과 방해가 뒤섞인 혼전 끝에 간신히 쓰러뜨린 캐스터.

그리고 너무나도 괴로운 모습으로 결말을 맞이한 랜서와의 대결.

어제 하룻밤 만에 성배전쟁은 크게 진전되었다. 두 명의 서번트가 탈락했고, 그 모든 싸움에서 세이버는 중심적인 역할을 하게 되었다.

피로하지 않다면 거짓말이다. 하지만 지금은 그 이상으로 아이리스필의 상태가 걱정되었다.

확실히 어제 아침 단계에서 이미 징후는 있었다. 아이리스필은 그것을 호문쿨루스의 구조적 결함이라고 말했다. 하지만 아무리 생각해 봐도, 어제 하루 동안 있었던 일 중에 이렇게 급격하게 상태가 악화될 만한 원인으로 떠오르는 것이 없다. 그녀는 상처를 입은 것도 특별히 격렬한 행동을 한 것도 아니다. 세이버와 정식으로 계약한 마스터라면 연속된 싸움으로 인한 세이버의 피로가 공급해야 하는 마력량의 증가로 이어져서 큰 부담이 되었을 테지만, 그것을 감당하는 것은 키리츠구이지 대행 마스터인 아이리스필이 아니다.

채광창으로 비쳐 드는 미약한 햇살은 늦은 오후로 접어들면서 서서히 각도를 얕게 바꿔 간다.

이윽고 살짝 몸을 움직이는 기척이 정지된 공기에 잔물결을 일으켰다.

번쩍하고 눈을 크게 뜬 세이버 앞에서 아이리스필이 괴로운 듯 신음하며 천천히 상체를 일으킨다.

"…세이버…?"

얼굴에 드리워진 머리카락을 나른한 듯한 동작으로 쓸어 올리면서, 그녀는 옆에서 지켜보는 서번트를 멍한 시선으로 바라보았다.

"아이리스필, 몸은 좀 어떻습니까?"

"…응. 이젠 괜찮은 것 같아."

세이버는 그럴 리가 없지 않느냐고 따지려고 했지만, 아이리스필의 혈색은 평소와 다를 바 없이 건강해 보였다. 바로 조금 전까지 혼수상태였다고는 생각되지 않을 정도였다.

아함, 하고 조심스럽게 하품을 하는 모습은, 충분한 수면을 취하고 아침에 기분 좋게 깨어난 듯 보이기까지 한다.

"후우…. 아무래도 걱정을 끼친 모양이네. 미안해."

"아, 아닙니다. 정말로 괜찮다면야 아무런 문제도 없습니다만…. 하지만…"

"응. 당신이 하고 싶은 말은 알고 있어, 세이버."

쓴웃음을 지으면서 아이리스필은 빗으로 긴 머리카락을 빗고, 자는 동안 흐트러진 옷매무새를 정돈했다.

"아무래도 나는 최근 들어서 여러 가지로 문제가 있는 것 같아. 이렇게 안정을 취하면 괜찮지만…. 세이버, 이제부터는 당신 곁에서 계속 지원하는 것은 불가능할지도 몰라."

"아이리스필…."

생각지도 못한 아이리스필의 담백한 고백에, 세이버는 맥이 풀리는 듯한 기분과 함께 당황스러움을 맛보았다.

"미안해. 한심하다고 생각하겠지만, 당신의 발목을 잡게 되는 것보다야…."

"아뇨, 그렇지 않습니다. 오히려 자중하겠다는 말을 들으니 안심이 됩니다. 저는 당신이 무리해 가며 싸우지 않도록 충고해야 하지 않을까 하는 생각을 하고 있어서…."

겸연쩍다는 듯이 말끝을 흐리는 세이버에게 아이리스필은 가식 없는 미소를 향했다.

"그런 걱정은 필요 없어. 인간과 달리 우리 호문쿨루스는 자기 몸의 구조를 제대로 파악하고 있으니까. 연료가 바닥났다는 경고등이 들어왔는데 억지로 감추려는 자동차가 있다면, 그런 건 틀림없이 고장 난 거잖아?"

"……."

적확하기는 했지만 불온하다고도 할 수 있는 비유에 세이버는 이번에야말로 침울하게 입을 다물었고, 그런 뒤에 진지한 시선으로 아이리스필을 정면으로 응시했다.

"…아이리스필. 확실히 당신은 인조人造의 존재일지도 모르지만, 저는 그것을 보통의 인간과 구별해서 생각한 적은 결코 없습니다. 그러니까 부디 당신도 필요 이상으로 자신을 비하하지 말았으면 합니다."

정면으로 그렇게 타이르는 세이버의 말에, 이번에는 아이리스 필이 고개를 숙일 차례였다.

"…자상하구나. 세이버는."

"당신이란 사람과 접한 자라면 누구나 그렇게 생각하는 게 당연합니다. 아이리스필, 당신은 보통 이상으로 매력적인 인품의 소유자니까요."

세이버는 대화가 필요 이상으로 무거워지지 않도록, 일부러 농담 같은 어조로 덧붙였다.

"여성이라면 왕왕 몸 상태가 안 좋아지기 마련이지요. 몸조리에 스스러움을 느낄 필요는 없습니다."

이것에는 역시나 아이리스필도 부끄러운 듯 쓴웃음을 지을 수밖에 없었다.

"그렇게 말하자면 당신도 여자일 텐데, 세이버. 여러 가지로 힘들지 않았어? 계속 남자인 척해야만 했던 시절은."

"아니, 그게 말이죠…."

아이리스필에게 미소가 돌아온 것이 기뻐서, 세이버는 저도 모르게 평소보다 편하게 이야기를 이어 갔다.

"아실지도 모르겠습니다만, 생전의 저는 어떤 보구의 가호를 받고 있었습니다. 무병식재無病息災는 말할 것도 없거니와 노화조차 멈췄죠. 몸 상태에 있어서만큼은 모든 문제에서 해방된 몸이었습니다. 10년이 지나도 모습은 보시는 대로….”

“……”

거기서 문득 세이버는 아이리스필이 또다시 가슴 아파하는 우울한 얼굴이 된 것을 깨닫고, 당황하며 입을 다물었다.

보잘것없는 화제 중에 어떤 것이 상대를 의기소침하게 만들었는지 전혀 짐작이 가지 않았지만, 어쨌든 지금은 공연히 농담을 나눌 만한 심경은 아니라고 추측할 수밖에 없었다.

“어쨌든 아이리스필, 걱정할 것은 아무것도 없습니다. 확실히 당신의 엄호는 마음 든든했습니다만, 이제는 적도 많이 남지 않았습니다. 설령 저 혼자라도 충분히 싸워 나갈 수 있을 겁니다.”

“…세이버, 당신이 정말로 ‘혼자’였다면 나도 걱정은 하지 않을 거야.”

속뜻이 있는 말의 의미를 알아차린 순간, 세이버는 다시 씁쓸한 감상에 목이 메었다.

그렇다, 혼자가 아닌 것이다. 그녀가 서번트 세이버로서 계약을 맺은 마스터도 여전히 같은 전장에 있으니까.

“저기, 세이버…. 당신은 앞으로도 계속해서 키리츠구를 같은 편으로 생각하고 싸울 수 있겠어?”

곧바로 대답하기는 어려웠다. 그것만으로도 기사왕이 품고 있는 갈등을 역연히 알 수 있었다.

“…다른 마스터들이 모두 이기적인 탐구나 욕망만을 구하고 있다면, 성배는 키리츠구의 손에 넘어가야 한다고 생각합니다. 그것을 위한 검이 되는 것에 저는 이견이 없습니다."

억누른 목소리로 대답했지만, 그래도 완전히 감출 수 없는 고뇌가 세이버의 미간을 찌푸려지게 만들었다.

"…하지만 바라건대 '검'이 되는 것은 저 한 사람이었으면 합니다. 키리츠구에게, 그 사람 나름의 방식으로 개입당하는 것은 두 번 다시 겪고 싶지 않습니다."

디어뮈드의 말로를 떠올릴 때마다 세이버의 가슴은 묵직한 아픔에 죄어들었다.

아무리 키리츠구라는 인간을 이해하고 양보하려고 생각해도, 그 광경은 도저히 어찌할 수 없을 정도로 세이버가 허용할 수 있는 선을 넘고 있었다.

"마스터가 자신의 손을 더럽힐 것도 없이 서번트인 제가 확실히 승리를 쟁취할 수 있다는 것을 보이면서, 그렇게 키리츠구를 납득시킬 수 있을 만한 싸움을 해 나갈 수밖에 없겠지요. 남은 서번트는 셋. 저 역시 오기로라도 질 수 없는 상대뿐입니다."

아이리스필은 고개를 끄덕였다. 끄덕일 수밖에 없었다. 키리츠구의 비열함을 눈으로 보고서도 여전히 세이버가 전의를 잃지 않은 것은 더할 나위 없이 고마운 일이었다. 하지만 한편으로 세이버가 지금도 여전히 기대하고 있는 듯한 최소한의 신뢰조차, 키리츠구에게는 바랄 수 없을 것이라고 예측할 수 있었다. '기사왕' 과 '마술사 킬러' 가 이야기하는 '확실한 승리' 란 말의 의미는 하늘과 땅만큼의 차이가 있는 것이다.

승리를 거머쥘 때까지 불굴의 투지로 몇 번이고 일어서겠다는 의지.

패배로 연결되는 모든 가능성을 철저하게 배제한다는 주도면밀함.

어느 쪽이나 지향하는 바는 같지만, 그 과정은 치명적일 정도로 다르다.

"…성배는 말이지, 나에게는 자기 자신과 마찬가지야. 나는 그것을 강림시키기 위한 '그릇' 을 태어날 때부터 계속 맡아 왔으니까."

아이리스필의 말에 세이버는 고개를 끄덕였다.

"들었습니다. 당신이 '그릇의 수호자' 를 맡고 있다는 것은."

그렇지만 세이버도 지금까지 24시간 행동을 같이 해 왔던 아이리스필이 대체 어디에 어떠한 형태로 '성배의 그릇' 을 은폐하고 있는지까지는 모른다. 서로의 신뢰가 확실한 이상, 굳이 알 필요도 없는 일이었다. 세이버는 그저 모든 싸움에서 승리한 뒤에, 다시 아이리스필의 손에서 그것을 받아 들기만 하면 된다.

"…그러니까 내 '보물' 은, 무슨 일이 있더라도 내가 사랑하는 사람들의 손으로 받아 주었으면 해. 남편 그리고 세이버, 당신이."

기도하는 듯한 그 말에 세이버는 결연하게 고개를 끄덕인다.

"예전에 소환된 지 얼마 안 되었을 때에도 맹세했습니다. 당신을 끝까지 지켜 내고 마지막까지 승리하겠다고. 그 말을 번복할 생각은 없습니다."

"……."

아이리스필은 그저 애매모호하게 미소 지으며 고개를 끄덕일 수밖에 없었다.

물론 키리츠구와 성배를 나눠 갖기를 바라는 이 청렴한 기사왕의 마음에 거짓은 없다.

만일 '시작의 세 가문'의 당초 목적인 '근원으로의 도달'을 이루고자 한다면, 모든 서번트를 쓰러뜨린 뒤에 세이버에게도 영주로 자해를 강요해서 일곱 영령 모두를 성배에게 공물로 바치는 형태로 싸움을 끝마쳐야만 한다. 하지만 아이리스필과 키리츠구가 성배에 거는 소망은 그렇게까지 대단한 것은 아니다.

모든 투쟁을 종결시킨다는 '세상의 개변'은 장대한 소망처럼 생각되지만, 그래도 어차피 '기적'의 영역을 넘지 않는 기도다. 그 성취에 의한 변혁이 어디까지나 '세상의 안쪽'에서 종결된다는 점에서 '근원의 소용돌이'를 지향하며 세상의 '바깥쪽'에까지 도달하려는 시도에 비하면 상당히 손쉬운 일이다.

단지 현세現世에서의 기적만을 바란다면 옛날의 유스티차 자신을 그릇으로 하는 대성배大聖杯를 완전하게 각성시킬 필요는 없다. 적대하는 여섯 서번트를 전부 쓰러뜨리는 것만으로도 키리츠구와 세이버의 소망을 모두 이룰 만한 마력은 충분히 얻을 수 있다.

두 사람이 이 격렬한 생존전에서 끝까지 승리해 살아남는 것에 있어서 아이리스필이 걱정하는 것이 있다면, 그것은 적의 강대함보다 오히려 키리츠구와 세이버 사이의 알력이었다.

존재방식도 신념도 전혀 다른 두 사람의 충돌은 피할 수 없다. 그렇다면 그것을 최대한 완화하는 것이 그들 사이에 위치한 자신의 역할이라고 아이리스필은 자각하고 있었다. 하지만 앞으로 그녀가 마지막까지 책임을 지고 그것을 완수할 수 있는가 하면… 그것까지는 도저히 바랄 수 없다는 것이 현실이다.

왜냐하면 아이리스필의 몸은 이미….

"음? 인기척이 있습니다, 아이리스필."

세이버가 경계하며 얼굴을 긴장시킨다. 한 박자 늦게, 아이리스필도 정원에 펼친 결계의 반응으로 방문자를 감지했다.

"…아, 괜찮아. 이 기척은 마이야 씨야."

창고의 문을 노크한 뒤에 들어온 것은 정말로 히사우 마이야였다. 여전히 감정을 드러내지 않는 냉담한 미모를 앞에 두자, 세이버가 조금 언짢은 듯 시선을 피한다. 무저항 상태인 랜서의 마스터와 그 연인을 인정사정없이 쏴 죽인 냉혹한 행위는, 설령 그것이 키리츠구의 책략을 충실히 이행했던 것뿐이라고 해도 세이버로서는 인정하기 힘든 일이었을 것이다.

그런 세이버의 속마음을 아는지 모르는지, 마이야는 평소처럼 인사도 서론도 건너뛰고 곧바로 본론으로 들어갔다.

"토오사카 토키오미로부터 밀사가 왔습니다. 사역마를 통해 서신을 보냈더군요. 마담, 당신 앞으로 온 것입니다."

"밀사?"

아이리스필 일행이 퇴거한 뒤에 숲의 성은, 그 사실을 알지 못하고 공략해 오는 다른 마스터들을 함정에 빠뜨리려는 키리츠구의 손에 의해 악질적인 트랩 하우스로 변해 있었다. 그곳의 감시는 마이야의 박쥐가 맡고 있었는데, 바로 요전에 그곳에 마술사 본인이 아닌 사역마가 문서를 가지고 나타났다고 한다.

"비취로 만들어진 새였습니다. 키리츠구의 이야기로는 토오사카의 마술사가 즐겨 쓰는 꼭두각시라고 합니다."

"듣기로는 확실히 그랬지. 그래서 문제의 그 문서는?"

"이쪽에…."

아이리스필은 마이야가 내민 편지지를 손에 들고 훑어보기 시작했다. 편지는 충분히 형식을 갖추면서도 일절의 낭비 없이 간결하고 명료하게 용건을 고하고 있었다.

"…즉 함께 싸우자는 제안이구나."

은근히 깔보듯 콧방귀를 뀌는 아이리스필. 세이버도 그 아처의 마스터가 무슨 계략을 꾸미는 것일까 하고 생각하고 있던 만큼, 이것에는 석연치 않은 표정이었다.

"동맹입니까? 이제 와서?"

"토오사카는 남아 있는 라이더와 버서커를 상대하는 데에 불안을 느끼고 있는 거겠지. 그래서 가장 가담하기 쉽다고 보이는 우리들에게 제안을 해 왔어. …요컨대 다른 두 조에 비해서 얕보이고 있다는 이야기야."

토키오미는 교섭에 응할 생각이 있다면 오늘 밤 0시에 후유키 교회에서 만나자고 한다.

"어디까지나 중립을 지켜야 할 성당교회의 감독이 용케도 그런 만남을 허락했군요."

"그게 말입니다, 감독을 맡던 신부가 이미 사망했다고 합니다. 지금의 성배전쟁은 감독이 부재중인 상황이라더군요."

마이야의 설명에 아이리스필은 납득하고 끄덕였다.

"키리츠구가 말했던 토오사카와 교회의 연줄도 이것으로 확인된 것이나 다름없어. 자기편에 붙어 있던 감독이 죽자, 황급히 책략을 강구하고 있는 거지."

"…아이리스필, 상대는 그 아처를 부리고 있는 마술사입니다. 신용할 만하다고 생각되지 않습니다."

그 황금의 영령에 대한 혐오감을 떠올렸는지, 세이버는 험상궂은 얼굴로 단언했다.

"지금의 저는 왼손의 상처도 나아서 완벽한 상태입니다. 동맹 따위 맺을 것도 없이, 라이더도 버서커도 저 혼자서 쓰러뜨려 보이겠습니다. 물론 아처도 예외는 아닙니다."

세이버의 열의에 아이리스필은 일단 고개를 끄덕였지만, 다시 생각에 잠기는 얼굴을 하며 팔짱을 끼었다.

"세이버의 주장은 지당하지만, 토오사카로부터 또 다른 형태로 양보를 이끌어 낸다는 방법도 있어. 상대에게는 있지만 우리에게는 없는 것···. 예를 들면 정보 같은 것을."

아이리스필의 말에 마이야가 수긍했다.

"그렇습니다. 만약 토오사카가 라이더 진영의 거점을 파악하고 있다면, 그것은 책략을 써서라도 얻을 가치가 있습니다."

"여전히 파악하지 못한 거야? 그런 어린애에게 키리츠구가 애를 먹다니."

"라이더와 그 마스터는 항상 고속으로 비행하는 보구를 타고 모습을 드러내기 때문에 육로로 뒤를 쫓는 것은 불가능합니다. 저의 박쥐도 그 속도는 도저히 따라잡을 수 없어서 추적에는 계속 실패했습니다."

"···모습을 감추는 솜씨에서는 그 로드 엘멜로이보다 뛰어나다는 거야?"

"의외입니다만 그렇습니다. 이 후유키에서 마술사가 공방을 설치할 만한 장소는 전부 체크하고 있습니다. 그런데도 라이더의 마스터만은 도저히 그물에 걸리지 않습니다."

마이야의 말대로 현재 키리츠구가 가장 골머리를 썩고 있는 것은 웨이버 벨벳의 거점 수색이었다. 마술사의 모든 수법을 꿰고 있는 에미야 키리츠구였지만, 설마 숙박비를 아끼기 위해 아무 관계도 없는 민가에 기숙하는 마스터가 존재하리라고는 상상할 수도 없었을 것이다.

"하지만 그런 정보를 토오사카의 마스터가 파악하고 있을 가능성이 있을까요?"

좀처럼 납득하지 못하는 세이버에게 마이야가 고개를 끄덕이며 대답했다.

"토오사카 토키오미는 이번 성배전쟁의 상당히 초기단계부터 주도면밀하게 준비를 진행해 왔습니다. 감독과의 연대가 좋은 예죠. 게다가…"

거기서 마이야는 일단 말을 끊고 아이리스필의 표정을 살폈다. 묵묵히 듣고 있는 그녀 역시 아무래도 마이야와 같은 것을 떠올린 듯한 눈치였다.

"게다가 토오사카는 어새신의 마스터를 뒤에서 조종하고 있었다고 여겨집니다. 그 남자가 코토미네 키레이에게 영향력을 발휘할 수 있는 입장이라면, 저쪽의 요청은 우리에게도 무시할 수 없는 의미를 가지게 되지 않을까 합니다."

"코토미네…?"

세이버로서는 처음 듣는 이름이었다. 그러나 아이리스필과 마이야의 굳은 얼굴을 보면 그자가 이 두 사람에게 중대한 의미를 지닌 인물임은 간단히 눈치챌 수 있었다.

"기억해 둬, 세이버."

전에 없이 굳은 목소리로 아이리스필이 고했다.

"만약 이번 성배전쟁에서 키리츠구를 쓰러뜨리고 성배를 얻는 자가 있다면… 그것은 코토미네 키레이라는 남자일 거야. 키리츠구 본인이 그렇게 말했어. 그래서 그 사람은 성배전쟁이 시작될 때부터 이 코토미네 키레이라는 남자를 천적으로 마크하고 있었지."

마이야와 아이리스필은 결코 많은 것을 이야기하지는 않았다. 하지만 두 사람의 이야기 속 코토미네라는 인물은, 마치 이 두 사람과 만난 적이 있는 것처럼 사뭇 구체적인 인물로 느껴졌다.

그렇다면, 하고 세이버는 떠올렸다. 아인츠베른의 숲에서 벌어진 싸움에서, 성에서 대피하던 아이리스필과 마이야에게 중상을 입힌 수수께끼의 습격자를.

"이 이야기, 받아들이자."

아이리스필은 단호한 결의의 목소리로 그렇게 선언했다.

"동맹을 맺을지 여부는 접어 두고, 토오사카가 손에 든 것을 탐색해 볼 필요가 있어. 오늘 밤의 후유키 교회에서 그것을 확인해 보도록 하자."

세이버로서도 그렇게까지 명확한 의도를 제시하면 어쩔 도리가 없다. 게다가 문제의 코토미네라는 인물에 대해서도 신경이 쓰였다. 키리츠구가 천적이라고 말할 정도의 상대라면 상당한 요주의 인물임이 틀림없다.

"그런데, 세이버. 오늘은 당신에게도 용건이 있습니다."

갑자기 마이야가 말을 걸어와서 세이버는 조금 당황했다.

"저에게?"

"네. 당신이 메르세데스를 충분히 잘 다루고 있다고 들어서, 키리츠구의 지시로 보다 시가전에 적합한 기동수단을 준비해 두었습니다."

그 말을 들은 세이버는 갑자기 흥미가 동한 얼굴이 되었다.

"그것 참 든든한 이야기로군요. 그 '자동차' 보다 더욱 전투에 적합한 기계라니, 바랄 나위 없는 지원입니다."

"지금 문 밖에 세워 두었습니다. 쓸 만한지 어떤지 확인해 주시겠습니까?"

"네. 물론이죠."

기대를 감추지 못하는 발걸음으로 창고를 나서는 세이버. 그녀를 지켜보는 마이야의 얼굴은 변함없이 무표정했지만, 내심 그녀도 남들처럼 기사왕 알트리아라는 존재의 경이에 숨을 삼키고 있었다. 평소의 세이버는 어떻게 봐도 몸집이 작고 조금 어른스러울 뿐인 소녀로밖에 보이지 않는다. 저 소녀가 일찍이 전란의 시대를 뒤바꾼 무훈의 왕이었다고, 대체 누가 믿을 수 있을까.

마이야에게는 좀처럼 없는, 임무와는 인연이 없는 시시한 감
개다. 그리고 더욱 그녀답지 않게 잡담 같은 것을 해 보려던 순
간, 털썩 하고 뭔가가 쓰러지는 소리에 그녀는 허를 찔렸다.

돌아보니, 조금 전까지 마법진 안에서 상체를 일으키고 있던
아이리스필이 다시 누워 있었다. 분위기가 심상치 않다. 창백한
얼굴에서는 폭포수 같은 땀이 흘러 떨어지고, 괴로운 듯 거친 호
흡을 내뱉는다.

"마, 마담? …왜 그러시죠?!"

황급히 달려와서 안아 일으키자, 팔에 안긴 가느다란 몸뚱이
는 이상할 정도로 열을 발하고 있었다.

"…세이버는… 못 봤지?"

괴로운 듯이 묻는 아이리스필의 목소리에는, 그러나 겁내는
기색도 당황의 빛도 없었다. 갑작스럽게 이상을 일으킨 자신의
몸에 대해 그녀는 아무런 의문도 갖고 있지 않은 듯했다.

"마담, 당신의 몸에 대체 무슨 일이…."

"…우후후. 마이야 씨도, 당황할 때가, 있구나…. 조금… 귀여
운, 구석이 있네."

"농담하지 마세요, 그럴 상황이 아닙니다. 당장이라도 세이버,
그리고 키리츠구를 불러오겠습니다. 부디 정신 차리세요!"

일어서려는 마이야의 어깨를, 아이리스필이 살며시 손을 대어

제지했다.

"비정상적인 상황이 아니야. 이건… 이미 정해져 있던 일이야. 오히려 지금까지 '사람'으로서 기능할 수 있었던 것이 나에게는 기적 같은 행운이었어."

의미심장한 말의 속뜻을 알아차린 마이야는 우선 동요한 마음을 가라앉히고, 긴장하면서도 평소와 같은 냉정함을 되찾았다.

"…키리츠구도 알고 있는 일입니까?"

아이리스필은 고개를 끄덕이고 나서 "하지만."이라며 힘없이 덧붙였다.

"세이버에게… 알리고 싶지는 않아. 저 사람은 중요한 싸움을 앞두고 있는 몸이야…. 쓸데없는 걱정을 끼치고 싶지 않아."

크게 숨을 내쉬고 나서 마이야는 다시 아이리스필의 몸을 조심스럽게 마법진 안에 눕혔다. 그것이 호문쿨루스인 그녀를 쉬게 해 주는 데에 가장 좋은 자세라는 것은 알고 있었다.

"…저도, 너무 자세한 것은 모르는 편이 나을까요?"

"…아니. 마이야 씨…, 오히려 당신에게는 말해 두고 싶어. … 괜찮겠어?"

마이야는 고개를 끄덕이더니, 일단 일어서서 창고 밖을 살피고 정원에 세이버가 없는 것을 확인한 뒤에 살짝 문을 닫고 돌아왔다.

"괜찮습니다. 지금이라면 세이버가 들을 일은 없습니다."

아이리스필은 고개를 끄덕인 후 흐트러진 호흡을 일단 진정시키고, 그런 뒤에 조용히 이야기하기 시작했다.

"나는 성배전쟁을 위해 설계된 호문쿨루스…. 그건 당신도 알고 있지?"

"…네."

"성배의 수호자. 성배를 강령시키기 위한 빙의체로서의 '그릇'을 관리하고 운송하는 게 내 역할이라는 말은, 사실은 옳은 설명이 아니야.

지난번 성배전쟁에서 아하트 큰할아버님은 서번트와의 싸움에서 패한 것뿐만 아니라, 무엇보다 중요한 성배의 '그릇'까지도 난전 중에 파괴당하고 말았어. 세 번째 전쟁은 승자가 결정되기도 전에 '그릇'을 잃어버려서 무효가 되어 버렸지. 그때의 교훈을 살려서 할아버님은 이번의 '그릇'에 자기관리 능력을 갖춘 인간 형태의 **포장**을 하기로 한 거야."

담담하게 이야기하는 어조는, 마치 남의 일이라는 듯 데면데면했다. 식어 버린 체념의 마음이 자신의 몸에 대해 그렇게 이야기하게 만든 것이리라.

"그것이… 바로 나야. '그릇' 자체에 생존본능을 부여해서 모든 위험을 스스로 피하게 하고, 종국에는 성배의 완성을 이룬다. 그러기 위해 할아버님은 '그릇'에 '아이리스필'이라는 장식을 붙인 거야."

"그럴 수가…. 그렇다면 당신은…."

마이야의 마음도 목석은 아니다. 그 충격적인 진실에는 역시나 할 말을 잃었다.

"이미 세 명의 서번트가 소멸했고, 드디어 싸움은 막바지에 접어들었어. 그에 따라서 나의 내용물도 본래의 '그릇'으로서의 기능을 되찾기 위해 쓸데없는 외부 장식을 점점 압박하기 시작하는 거야. 앞으로 나는 더욱더 인간 형태의 기능을 파기하며 본래의 '물건'으로 돌아가겠지. 다음번에는 분명히 움직이지 못하게 될 테고, 그다음에는 아마… 마이야 씨, 당신하고 이렇게 이야기할 수도 없게 될 거야."

"……."

잠시 동안 마이야는 입술을 깨물고 침묵한 뒤에, 다시 진지한 얼굴을 하고 같은 물음을 던졌다.

"키리츠구는 모든 것을 알고 있는 거지요? 지금의 당신이 어떠한 상황인가도?"

"응. 그래서 그 사람은 나에게 세이버의 칼집을 맡겼어…. '모든 것에서 먼 이상향—아발론'…. 그 효과는 알고 있지?"

"노쇠의 정체와 무제한의 치유능력…. 그렇게 들었습니다."

"그 효과가 아이리스필이라는 '껍데기'의 붕괴를 막아 주고 있어. 원래대로라면 이미 끝났어야 했을 내가 아직 인간인 척할 수 있는 건 그 덕분이야. …다만 지금처럼 세이버와 거리가 벌어지면 곧바로 탄로 나지만…."

이미 몸을 일으키지도 못한다. 마치 죽을병에 걸려 드러누운 것 같은 아이리스필의 모습에 마이야는 시선을 내렸다.

이 자리에 세이버가 있었다면 어떠한 반응을 보였을지, 마이야조차 상상하기 어렵지 않았다. 기사의 귀감인 그 소녀는 자신의 수난보다 타인의 아픔을 고통스러워하는 인물이다. 그녀가 얻으려고 하는 승리가 아이리스필의 희생을 전제로 하고 있음을 알았을 때, 세이버가 지금까지처럼 망설임 없이 검을 휘두를 수 있을지는 의심스럽다.

"…어째서 저에게는 알려 주시는 거죠?"

마이야의 물음에 아이리스필은 부드러운 미소로 답했다.

"히사우 마이야… 당신이라면 결코 나를 불쌍히 여기지 않아. 분명히 나를 인정해 줄 거야. …그렇게, 생각했으니까."

"……."

마이야는 침묵한 채 상대의 미소를 가만히 바라보았다. 그리고 조용히 끄덕였다.

"마담, 저는… 당신이라는 사람을 좀 더 먼 존재라고 생각하고 있었습니다."

"그렇지, 않아. …이해해 준 거야?"

"네."

마이야는 단호히 고개를 끄덕이며 그 말을 긍정했다.

인간으로 태어났으면서도 도구로서 산 여자이기에.

도구로 만들어졌으면서도 인간으로서 산 여자의 말로를 '좋다'고 인정했다.

"제가 이 목숨과 바꿔서라도 아이리스필, 마지막까지 당신을 지키겠습니다. 그러니 부디 에미야 키리츠구를 위해 죽어 주세요. 그 사람의 꿈을 이루기 위해."

"고마워…."

아이리스필은 떨리는 손을 뻗어서 마이야의 손을 쥐었다.

─ 62:48:35

　가슴 높이에서 자신을 올려다보는 검은 눈동자는 마치 한 쌍의 보석 같았다.

　그렇다. 그 말 그대로임을 토오사카 토키오미는 새삼 통감한다. 이 소녀야말로 5대를 이어 온 토오사카가 끝내 손에 넣은 지고의 보물. 기적과도 같은 희귀한 보석이라고.

　토오사카 린.

　아직 어리지만 이미 장래의 미모를 예감케 하는 얼굴은, 아내의 풍모보다 오히려 토키오미의 어머니의 젊은 시절 모습과 닮았다.

　시각은 해 질 녘. 밤의 어둠이 밀려들기 조금 전의 어스름이 깔리기 시작하는 시간이다.

　아내의 친정인 젠조 가의 문 앞까지 찾아온 토키오미는, 하지만 그 문 안으로 발을 들일 생각은 없었다. 지금의 토키오미는 성배를 둘러싸고 겨루는 마스터 중 한 명으로, 수라의 길에 몸을 두고 있는 입장이다. 철저한 안전을 기하기 위해 아내와 자식을 맡긴 젠조의 영지에, 피 냄새를 두른 채로 들어가는 것은 용납되지 않는다.

　따로 용건을 고하지도 않고 자신을 문 밖까지 불러낸 아버지를, 린은 긴장을 감추지 못하는 얼굴로 올려다보고 있다. 아버지는 단순히 딸의 얼굴을 보러 온 것뿐만 아니라 뭔가 중대한 용건을 가지고 왔노라고, 소녀는 직감만으로 그렇게 이해한 것이리라.

싸움이 끝날 때까지는 만날 일도 없을 것이라고 생각하고 있었다. 그런 토키오미의 결의를 흔들리게 한 것은 어젯밤에 있었던 코토미네 리세이의 급사急死였다.

아버지의 붕우이자 토키오미의 후견인이기도 했던 노신부. 밀약에 의해 그의 후원을 받고 있던 것은 토키오미에게 자신들의 필승을 확신하게 했던 커다란 요소였다.

물론 후원자가 없어진 정도로 나약해질 토키오미가 아니다. 그러나 그때까지 오만불손할 정도로 확신하고 있던 승리로의 길에 '만에 하나'라는 암운을 느끼기 시작한 것도 사실이다.

그 노련하고 굳센 신부가 쓰러진 것처럼, 자신도 역시 뜻을 이루려던 중에 쓰러지는 일이 있을 수 있지 않을까?

어제까지의 성배전쟁은, 토키오미 입장에서 말하자면 성공을 약속받은 의식이었다.

하지만 의지하고 있던 동료의 죽음으로, 이제 와서 새삼스럽게 그는 자신이 한 명의 투쟁자로서 생사의 경계에서 벌어지는 싸움에 몸을 던지려 하고 있음을 자각한 것이다.

혹시 만약에… 이것이 린과 이야기할 수 있는 마지막 기회라고 한다면?

나이도 차지 않은 이 소녀에게 자신은 어떤 말을 해야 하는 것인가.

"……."

린은 마른침을 삼키면서 묵묵히 아버지가 입을 열기를 기다리고 있다.

토키오미는 아버지인 자신에게 딸이 품고 있는 경의와 동경을 잘 알고 있었다.

지금 여기서 그녀에게 한 말은 분명 린의 앞날을 결정짓게 될 것이다.

아니, 미래는 망설일 것도 없이 이미 결정되어 있다. 린에게는 6대째의 계승자로서 토오사카 가문의 대를 잇는 것 외에 다른 미래는 없다.

생각해 보면, 바로 그것이야말로 토키오미가 딸을 보며 편치 못한 마음을 품는 이유인지도 모른다.

한쪽 무릎을 꿇고 몸을 굽히고서 린의 머리에 손을 얹는다. 갑자기 린이 어안이 벙벙하다는 듯이 눈을 크게 떴다.

그런 딸의 반응을 보고 토키오미는 이제 와서야 떠올렸다. 이런 식으로 딸의 머리를 쓰다듬어 줬던 적이 과거에는 한 번도 없었노라고.

린이 놀라는 것도 무리는 아니다. 토키오미 역시 대체 어느 정도의 힘으로 머리를 쓰다듬어야 자상함을 표현할 수 있을지 알지 못했고, 건드려 보고 나서야 비로소 당혹감을 느꼈으니까.

"린…. 성인이 될 때까지는 협회에 은혜를 베풀어 줘라. 그 이후의 판단은 너에게 맡긴다. 너라면 혼자서도 잘 해 나갈 수 있겠지."

무슨 말을 해야 좋을지 망설이고 있었지만, 막상 입을 열고 보니 계속해서 다음 말이 솟아 나왔다.

'만약에' 라고 생각한다면 전해 줘야 할 이야기는 얼마든지 있었다. 가보인 보석을 취급하는 법, 대스승으로부터의 전승에 대한 당부, 지하 공방의 관리…. 그것들 전부에 대해서 토키오미는 적확하게 요점을 짚어 가면서, 진지하게 귀를 기울이는 린에게 하나하나 자세히 일러 나갔다.

그 몸의 각인은 아직 물려주지 않았지만, 그것은 사실상 린을 토오사카의 차기 당주로 지명하는 것이나 다름없는 의식이었다.

여담이지만.

토오사카 토키오미는 결코 천재가 아니다.

역대 토오사카 당주 중에서는 오히려 평범한 자질의 소유자라고 말할 수 있을 것이다.

숙련된 술사로서 존경받을 정도가 된 지금의 토키오미가 있는 것은, 그저 그가 계속 가훈에 충실한 삶을 살아왔기 때문이다.

어떤 때에도 여유를 가지고 우아하게.

10의 결과를 요구받으면 20의 수련을 쌓고 나서 임했다. 그것이 자신에게 부과된 수많은 시련을 우아하게, 여유롭게 통과하기 위한 토키오미의 처방이었다. 굳이 다른 이보다 빼어난 점을 찾는다면 그 철저한 자율과 극기의 의지만이 토키오미의 강점이었다고 말할 수 있을 것이다.

스승이자 아버지인 선대 당주도 아들이 마도를 지향하면 얼마나 험한 길을 걷게 될지 충분히 예견하고 있었다. 그렇기에 선대 당주는 토키오미에게 마술각인을 양도하기 전날 밤, 다시 한 번 아들에게 물었다. '가문을 이을 것인가, 말 것인가?' 라고.

그것은 극히 의식적인, 명목뿐인 물음이었을 것이다. 토키오미는 적자로서 미래에 토오사카의 우두머리가 되기 위한 교육을 받아 왔고, 어릴 적부터 그의 안에 길러져 온 그 긍지는 그 이외의 인생 따윈 몽상조차 허락하지 않았다.

그래도 그곳에 '물음' 이라는 체재가 있었던 이상, 적어도 토키오미에게는 '선택의 여지' 가 있었다고 할 수 있다.

지금 와서 생각하면, 그것은 선대 당주인 아버지가 토키오미에게 준 최대의 선물이었다고 말할 수 있다.

토오사카 토키오미는 자신의 의사로 마도의 길을 걸었다. 결코 운명의 흐름에 떠밀린 것이 아니다.

그 자각이야말로 토키오미에게 강철 같은 의지를 주었다. 이후의 힘든 수련의 나날을 지탱해 준 것은 '이것이 내가 선택한 삶이다'라는 고상한 자부심이었다.

그런 식으로, 예전에 아버지에게 받은 것과 같은 보물을 자신의 딸들에게도 줄 수 있다면…. 토키오미는 그렇게 간절히 생각했다.

하지만 그것은 이룰 수 없다.

린에게는, 그리고 사쿠라에게는 애초부터 선택의 여지 따윈 없었던 것이다.

한쪽은 모든 원소, 5중 복합속성. 다른 한쪽은 가공원소, 허수虛數속성. 자매는 둘 다 기적과도 같은 희귀한 자질을 타고났다. 이미 천부적인 재능이라고 할 영역이 아닌, 저주와도 같은 숙업이다.

마성은 마성을 부른다. 지나치게 조리의 밖으로 돌출된 적성을 지닌 자는 필연적으로 일상의 바깥에 있는 것을 '끌어들여' 버리는 것이다. 그곳에 본인의 의도가 개입할 여지는 없다. 그런 운명에 대처할 수 있는 수단은 단 하나. 자신의 의지로 조리의 밖을 걷는 것뿐이다.

토키오미의 딸들은 스스로 마도를 이해하고 수신하는 것 외에는 그 피에 부과된 마성에 대처할 방법이 없었던 것이다. 더구나 토오사카라는 가문의 가호를 받을 수 있는 것은 자매 중 단 한 사람뿐. 그 딜레마가 얼마나 오랫동안 토키오미를 괴롭혀 왔는지 모른다. 후계자가 되지 못한 쪽에도 그 피에 이끌려 나타난 수많은 괴이들은 용서 없이 재액을 초래할 것이고, 그런 '일반인'을 마술협회가 발견하면 놈들은 희희낙락하며 그녀를 '보호'란 명목으로 포르말린에 절여 표본으로 만들려 할 것이다.

그렇기에 마토 가에서 보내온 양자養子 요청은 그야말로 하늘이 내린 은혜와 다름없었다. 사랑하는 두 딸은 함께 일류 마도를 계승해서, 양쪽 다 피의 인자에 굴하지 않고 각자가 자신의 인생을 개척해 나갈 수 있는 수단을 얻은 것이다. 그 시점에서 토키오미는 아버지로서의 중책에서 해방된 것이나 마찬가지였다.

하지만 과연 정말로 그럴까? 자문하면 할수록 토키오미는 가슴이 아파 온다.

린의 재능이라면 토키오미보다 훨씬 간단히 마도의 비오를 익힐 수 있을 것이다.

하지만 운명으로서 스스로 선택한 길을 나아가는 것에 비해, 도망칠 수 없는 숙업으로 결정된 길을 더듬어 가는 것은 얼마나 고통스러울까.

이제부터 시작될 린의 시련에 아무런 조언도 해 주지 못한 채로 그녀의 앞을 떠나게 된다면… 그래도 토오사카 토키오미는 아버지로서 완벽했다고 말할 수 있을까?

가슴속의 망설임에 자문하듯이, 토키오미는 다시 한 번 린의 머리를 쓰다듬는 손에 마음을 담았다.

린은 그 커다란 손이 쓰다듬는 대로 몸을 맡기면서 검고 맑은 눈동자로 흔들림 없이 아버지를 올려다보고 있다. 그곳에는 불안도 당황도 전혀 찾아볼 수 없었다.

'…아아, 그렇구나.'

그런 무조건적인 존경과 신뢰가 간신히 토키오미의 안에 답을 가져다 주었다.

이 아이에게는 사과의 말도, 앞날에 대한 걱정도 필요하지 않다. 긍지 높은 토오사카의 적자에게, 떠나가는 선대의 한 사람으로서 해야 할 말은 하나밖에 없다.

"린, 이제 곧 성배는 나타난다. 그것을 손에 넣는 것은 토오사카의 의무이며, 무엇보다… 마술사이고자 한다면 피해 갈 수 없는 길이다."

단호히 끄덕이는 소녀의 시선에, 토키오미의 가슴은 자랑스러움으로 가득 채워졌다.

과거에 그 자신이 당주 자리를 물려받았을 때조차 이 정도의 자랑스러움을 느끼지는 못했다.

"그러면 이만 가 보마. 뒷일은 알고 있겠지?"

"네. …다녀오세요, 아버지."

맑은 목소리로 결연하게 대답하는 린에게 고개를 끄덕여 보이고, 토키오미는 그 자리에서 일어섰다.

문득 문 안의 저택에 시선을 보내다가, 창문으로 이쪽을 엿보고 있는 아오이와 눈길이 맞는다.

오랫동안 함께 살아온 아내와의 소통에는, 이미 말을 나눌 것도 없다.

보내오는 시선에는 신뢰와 격려가.

보내는 눈인사에는 감사와 보증을 담았다.

그렇게 토키오미는 처자식에게 등을 돌리고, 그 뒤로는 한 번도 돌아보는 일 없이 젠조 저택 앞을 떠났다.

망설임이란 여유 없는 마음에서 생겨나는 그림자다. 그것은 우아함과는 거리가 멀다.

린의 시선이 새삼스레 가슴 깊이 새긴 가훈을 알려 주었다.

자기 자식에게 사과해야만 하는 때가 있다면 그것은 패배했을 때, 끝내 성배를 향한 비원을 이루지 못한 채로 쓰러졌을 때다.

린을 앞에 두고 부끄러움 없는 아버지이고자 한다면, 토오사카 토키오미는 완전무결한 마술사여야만 한다.

그렇기에 이 손으로 토오사카의 마도를 완수한다.

사랑하는 딸을 지도하기에 어울리는, 그야말로 완벽한 아버지가 된다.

결의를 새롭게 다진 토키오미는 땅거미가 지는 길을 걸으며 귀로를 서둘렀다.

다시 후유키로. 이제 곧 찾아올 밤의 어둠을 향해.

토오사카 토키오미가 제시한 심야의 후유키 교회에서 예정된 회견의 조건에는 물론 참석자의 인원수도 지정되어 있었다.

회견에 임하는 것은 양가의 마스터와 서번트, 거기에 동행인은 한 명까지.

단독 행동에 지장이 있는 아이리스필에게, 이것은 더 이상 바랄 나위 없는 조건이었다. 만에 하나라도 전투가 벌어질 경우를 생각하면, 세이버의 부축을 받고 있을 수는 없다. 마이야가 옆에 있어 준다면 그것만으로 한결 안심이 된다.

물론 동일한 조건이 주어진 상황이므로 토오사카 측 역시 아처 외에 또 한 명을 회견에 참가시켰다. 그리고 토키오미가 어떠한 꿍꿍이도 없는 눈치로 아이리스필 일행과 만나게 한 인물은 그녀들을 머쓱하게 만들기에 충분한 상대였다.

"소개하지. 코토미네 키레이. 내 수제자이자 한때는 서로 성배를 두고 겨뤘던 상대이기도 하지. 그러나 지금 와서는 다 지난 이야기다. 이 친구는 서번트를 잃고서 이미 마스터의 권리도 포기한 지 오래되었어."

할 말은 그것뿐이냐며 아이리스필은 시선으로 상대를 견제했지만, 토키오미는 그런 소개만으로 충분하다는 듯이 태연한 태도를 보였다. 어지간히 상대를 얕보고 있거나, 그게 아니라면…

정말로 토오사카는 아이리스필 일행과 코토미네 키레이 사이의 불화를 모르고 있는지도 모른다.

있을 수 있는 이야기였다. 단순한 하수인의 위치에 만족하는 남자에게, 에미야 키리츠구의 후각이 그렇게까지 경계를 표하리라고는 생각하기 어렵다. 오히려 코토미네 키레이가 토오사카 토키오미 몰래 독자적으로 행동하고 있었을 가능성이 높지 않을까.

눈썹 하나 꿈쩍이지 않고 눈인사를 하는 키레이를, 아이리스필과 마이야는 얼음장 같은 시선으로 응시했다. 설마 토키오미가 초장부터 키레이와의 관계를 노출시키리라고는 생각도 하지 않았던 그녀들은, 금세 이 회견에서의 전략을 다시 짤 필요를 느끼고 있었다.

한편으로 세이버는 토키오미 일행의 뒤쪽 벽에 느긋하게 기대어 서 있는 붉은 눈동자의 서번트로부터 눈을 떼지 않았다. 오늘 밤의 아처는 세이버와 마찬가지로 전장에 나서는 예장을 풀고, 이 시대에 맞춘 평상복 차림이었다. 가죽과 에나멜로 화려하게 장식된 의상은 악취미적일 정도로 화려했지만, 이 황금의 영령이 지닌 압도적인 존재감이 동반되니 아무런 위화감도 느껴지지 않았다.

핏빛으로 젖은 두 눈동자는 마치 시선만으로 세이버의 의상을 벗기고 맨살을 핥는 것처럼 아무런 거리낌도 없이 욕망을 드러내고 있었다. 세이버는 지금 당장이라도 칼을 뽑아서 베고 싶은 충동에 휩싸였지만, 오늘 밤의 회견에는 아이리스필의 의도가 있다. 지금은 그저 묵묵히 견디는 수밖에 없었다.

"불초한 이 토오사카 토키오미의 초대에 응해 준 것에, 우선은 감사의 말을 전한다."

여자들의 험악한 기척을 깨닫고 있기는 한 건지, 토키오미는 점잖은 얼굴로 그 자리를 주도했다.

"이번 성배전쟁도 드디어 종국에 접어들기 시작했다. 남아 있는 것은 역시 '시작의 세 가문'의 마스터들과 끼어든 외부인이 한 명. 그러면 아인츠베른 여러분들은 이 전국戰局을 어떻게 생각하지?"

"딱히 어떻게도 생각하지 않습니다."

아이리스필은 차가우면서도 맑은 목소리로 그렇게 대답하고 나서, 오만한 투로 덧붙였다.

"우리들은 최강인 세이버를 거느리고 있기에 임시변통의 기회를 엿볼 필요도 없습니다. 그저 당연히 승리해 나갈 뿐."

"그렇군…."

도발과 같은 그 대답에 토키오미는 실소했다.

"그렇다면 이쪽의 견해만을 기탄없이 이야기하도록 하지. 우리 상호의 전력분석은 뭐, 우선은 제쳐 두고. 여기서는 버서커와 라이더에 대해서.

우리들로서는 당연한 이야기이지만, 최종적으로는 '시작의 세 가문'만으로 좁혀진 최종전으로 성배의 귀추를 결정짓고 싶었으나 유감스럽게도 이번의 마토는 전략을 그르쳤다. 빈약한 마스터에게 큰 부담이 되는 서번트를 떠안기고, 그 사실을 빤히 알면서도 자멸을 재촉하고 있는 꼴이야. 아마도 둘 중에서 남는 것은 라이더겠지. 그 영령, 이스칸다르의 강력함에 대해서는 여러분들도 알고 있으리라 생각한다."

토키오미는 일단 말을 끊고서 아이리스필의 반응을 살폈다. 그리고 상대의 침묵을 확인하자 다음 이야기로 넘어갔다.

"천 년에 걸쳐 비원으로 삼은 성배에 어디서 굴러먹었는지도 모를 신참이 손을 뻗는다는 것은, 아인츠베른으로서는 특히 울화가 치밀 만한 상황이라고 생각하는데. 어떤가?"

"신참이라는 점에서는 토오사카나 마키리도 별로 다를 것 없을 텐데요."

평소라면 이렇게까지 거리낌 없는 언행을 할 아이리스필이 아니었지만, 오늘 밤의 토키오미에 대해서는 철저히 강경한 태도를 취한다는 방침이다. 평소의 온화하고 정숙한 태도를 버리고 그 눈에 거만한 시선을, 그 미모에는 위압적인 여제 같은 관록을 보이는 것이었다.

하지만 토키오미도 그것에 위축될 만한 인물이 아니다. 여전히 은근한 미소를 잃지 않은 채, 티끌만큼의 동요도 보이지 않는다.

"이미 아인츠베른이 바라는 것은 제3마법의 성취, 그것밖에는 없을 터. 그렇다면 지금도 '근원'을 지향하는 이 토오사카 토키오미에게 성배를 맡긴다면, 그것으로 이미 충분히 뜻을 이루는 것일 터인데?"

그 말을 들은 아이리스필은 몹시 업신여기는 듯한 냉소를 토키오미에게 던졌다.

"토오사카는 구걸 같은 짓을 하면서까지 우리들로부터 성배를 빼앗고 싶다는 건가요?"

"훗…. 듣는 자의 품성을 의심하고 싶어지는 해석이지만… 뭐, 넘어가도록 하지. 문제는 성배에 대해 올바른 지식을 갖지 못한 자가 최종전까지 살아남아 있는 현재의 상황이다. 그러한 외부인의 손에 성배가 넘어가는 일은 만에 하나라도 용납할 수 없는 일이야. 그 부분은 서로 같은 의견일 것이다."

요컨대, 토키오미가 걱정하는 것은 라이더의 위협뿐인가. 그렇게 아이리스필은 이해했다.

상대의 노림수가 보이기 시작하면, 슬슬 이쪽도 손에 든 카드를 내보일 타이밍이다.

"원래부터 우리 아인츠베른은 다른 집안과 어울릴 생각 따윈 없습니다. 동맹 따윈 우습기 짝이 없는 일이지요. 단, 적의 대처

에 서열을 두고 싶다고 한다면 그쪽의 성의 여하에 따라 고려할
수도 있습니다."

"…말하자면?"

"토오사카를 적대자로 보는 것은 다른 마스터를 쓰러뜨린
후…. 그런 약정이라면 응할 용의도 있습니다."

에두른 아이리스필의 표현에, 토키오미는 냉연하게 끄덕였다.

"조건이 붙은 휴전협정인가. 타협안으로서는 타당하군."

"이쪽의 요구는 두 가지."

어디까지나 교섭의 주도권을 주장하는 것처럼 거만하게, 아이
리스필은 입을 열었다.

"우선 첫 번째, 라이더와 그 마스터에 대해서 그쪽이 알고 있
는 정보를 전부 밝힐 것."

그것을 들은 토키오미는 속으로 미소 지었다. 그런 정보를 요
구하는 이상, 아인츠베른은 진심으로 직접 라이더를 타도할 각
오일 것이다. 그야말로 노리던 대로의 전개다.

"키레이, 이야기해라."

토키오미의 지시를 받고, 그때까지 말없이 곁에 대기하고 있
던 키레이가 억양 없는 목소리로 설명을 시작했다.

"라이더의 마스터는 케이네스의 문하에 있던 견습 마술사로,
이름은 웨이버 벨벳. 현재는 미야마초 나카고시 2초메의 맥켄지
라는 노부부의 집에 기생하고 있다. 성배전쟁과는 전혀 무연한

일반가정이지만, 노부부는 웨이버의 암시에 의해 그자를 친손자라고 믿고 있다."

술술 막힘없이 이야기하는 키레이를 보며 아이리스필과 마이야는 새삼 전율했다. 대강 예측하고 있긴 했지만, 어새신을 부리고 있던 키레이가 철저한 첩보작전을 전개하고 있으리라는 추측은 실제로 정확히 들어맞고 있었던 것이다.

"…그러면, 또 한 가지의 조건이란?"

기분 좋게 재촉하는 토키오미를, 아이리스필은 험상궂은 얼굴로 돌아보며 이번에야말로 한층 단호한 어조로 말했다.

"제2의 요구는… 코토미네 키레이를 성배전쟁에서 배제하는 것."

그때까지 여유로운 태도를 보이던 토키오미도 역시나 이것에는 깜짝 놀라지 않을 수 없었다. 한편 키레이 쪽은 여전히 눈썹 하나 까딱하지 않은, 일체의 표정을 지운 얼굴 그대로였다.

"꼭 죽이라고까지는 말하지 않겠습니다. 그래도 이 싸움이 끝날 때까지 이 후유키에서…. 아니, 일본에서 퇴거하기 바랍니다. 당장 내일 아침에라도."

"…이유를 설명해 줄 수 있을까?"

우선 외면의 동요를 억누른 토키오미가, 조금 낮은 목소리로 질문했다. 시치미 떼는 것은 아니라고 판단한 아이리스필은, 드디어 이 사제지간이 삐걱거리고 있음을 확신했다. 토키오미는 명백히 키레이의 행동에 대해 알지 못하고 있었던 것이다.

"거기 있는 대행자는, 우리 아인츠베른과 적지 않은 원한이 있습니다. 토오사카의 진영이 그 사람을 옹호한다면, 우리는 결코 그쪽을 신용할 수 없습니다. 오히려 최우선 배제대상으로 보고 라이더와 협력해서 공격하겠습니다."

"……."

어떻게 봐도 장난이라고는 생각할 수 없는 아이리스필의 기세에, 간신히 토키오미는 자신이 모르는 사정이 있음을 알아차리고 곁에 있는 키레이에게 의심의 시선을 던졌다.

"어떻게 된 일이지, 키레이?"

"……."

여전히 키레이는 가면 같은 무표정으로 침묵하고 있었다. 하지만 아이리스필의 주장에 아무런 반박도 하지 않는다는 시점에서 그 침묵이 의미하는 바는 충분히 명확했다.

한숨을 쉬고, 다시 한 번 토키오미는 감정을 죽인 얼굴로 아인츠베른 세력을 응시한다.

"키레이는 죽은 리세이 신부의 대리로서 감독의 임무를 인계하고 있다. 이자를 추방하라고 한다면, 이쪽에서도 한 가지 조건이 있다."

아이리스필은 살짝 끄덕이며 다음 말을 재촉했다.

"어젯밤의 싸움에서 보여 주었던, 그쪽의 세이버가 사용하는 보구 말인데. 위력이 지나치게 강력해. 앞으로는 그 사용에 제한을 두고 싶다."

이 말에는 세이버도 미간을 좁혔다. 이미 토오사카 측은 라이더와의 대결을 세이버에게 맡길 의도가 명백하다. 거기에 더해서 이 조건은 불합리하다고밖에 말할 수 없다.

"어째서 토오사카가 우리들의 전략에 참견하지?"

"토오사카 가문은 후유키 지역을 맡고 있는 관리자이기도 하다. 이후로 성당교회의 은폐공작 없이 성배전쟁을 진행해야 하게 되면, 지나친 소란을 경계하는 건 당연하다."

여기서 갑자기 그때까지 말이 없었던 마이야가 끼어들었다.

"어젯밤에 세이버가 구사했던 보구가 인근 시설에 피해를 입혔습니까?"

"다행스럽게도 최소한으로 끝났다. 우연히 공격 선상에 대형 선박이 있어서 말이야. 하지만 조금이라도 빗나갔더라면 강변의 민가가 깨끗하게 쓸려 나갔을 것이 틀림없어."

"그 배는 우리들이 준비한 것입니다."

마이야의 말에 토키오미뿐만 아니라 세이버도 눈썹을 치켜 올렸다. 확실히 그 배가 딱 좋은 위치에 있었던 덕분에 그녀는 아무런 망설임 없이 '약속된 승리의 검—엑스칼리버'를 사용할 수 있었다. 그런데 설마 거기에 키리츠구의 배려가 있었을 줄이야. 지금 그 이야기를 들을 때까지 전혀 깨닫지 못했다.

"여담이지만, 파괴된 배의 선주에게도 보험금이 지불된 것을 확인했습니다. 그쪽의 경고를 들을 것도 없이, 우리 아인츠베른은 세이버의 파괴력에 충분한 배려를 하고 있습니다."

"그 배려를 명문화해 달라고 요구하고 있는 거다."

마이야의 말을 가로막듯이 토키오미는 단호하게 주장했다.

"후유키 시내에서, 지표에서의 보구 사용은 무조건 금지. 또한 공중에서도 간접적으로 민가에 피해를 입히는 형태라면 앞서 말한 것과 마찬가지다. 이 조건을 승낙할 수 있나? 아인츠베른의 마스터여."

"…받아들인다면 틀림없이 코토미네 키레이를 퇴거시키는 거죠?"

"그렇다. 내가 책임을 지고 보증하지."

단호히 끄덕이는 토키오미 옆에서, 키레이가 누구에게도 보이지 않게 이를 갈았다.

아이리스필이 세이버의 눈치를 살핀다. 세이버는 살짝 끄덕이며 승낙의 뜻을 표했다. 세이버로서도 자신의 보구로 불필요한 희생자를 낼 생각은 추호도 없다. 토오사카 토키오미의 조건이 그 정도의 제지라면, 딱히 족쇄가 될 만한 내용은 아니었다.

"좋습니다. 그러면 조건의 이행을 확인한 뒤라는 가정하에, 우리는 휴전에 동의합니다."

×　　　×

　회견을 마치고 두 가문의 마스터들이 모두 떠나간 교회에, 코토미네 키레이는 홀로 남아 있었다.

　앞서 토키오미가 말한 대로, 지금의 키레이는 현재 후유키 시의 각지에서 사후처리 활동 중인 성당교회 스태프의 관리를 맡고 있다. 감독이었던 아버지, 리세이의 죽음으로 현장 지휘계통은 큰 혼란을 겪고 있기 때문에 제8비적회로부터 정식 후임자가 오는 것을 기다릴 수 있는 상황이 아니었다.

　하지만 이런 상황에서도 각지의 연계와 진행 관리에 대해 적절한 지시를 내리면, 각각의 현장에서 이루어지는 작업은 충분히 원활했다. 생전의 리세이의 지시가 그만큼 적절했었다는 증거다. 말하자면 키레이가 할 일은 리세이가 깔아 둔 레일 위로 만사가 진행되도록 깃발을 휘두르는 것뿐, 뭔가 어려운 판단을 요구받는 것은 아니었다.

　하지만 그것도 오늘 밤 중에 단념해야만 한다.

　키레이로서는 토키오미가 아인츠베른과의 동맹을 꾀하기 시작한 시점에서 자신의 입장이 위태로워질 것은 각오하고 있었던 바이다. 좀 전의 회견에서 내려진 결정 역시 전혀 예상치 못한 것이 아니었다. 아인츠베른의 여자들은—또한 그 배후에 연결되어 있는 에미야 키리츠구도—이미 키레이를 중대한 위협으로 보고 있다. 또한 한편으로 토오사카 토키오미에게도 '단순한 조수'로서의 키레이의 존재보다는 아인츠베른과의 협조 쪽이 훨씬 가치가 있는 것은 명백했다.

결국 키레이는 그 팔에 다시 새겨진 영주에 대해서도, 남몰래 리세이로부터 물려받은 보관 영주의 존재도 토키오미에게 밝히지 않았다. 세이버의 진짜 마스터인 에미야 키리츠구가 여전히 모습을 감추고 있는 것도 알려 주지 않았다.

마토 카리야를 구했을 뿐만 아니라, 그렇게까지 중요한 정보를 계속 감추고 있다는 점에서 이미 키레이는 토키오미의 부하 역할을 스스로 포기하고 있는 것이나 다를 바 없었다. 이렇게 토키오미로부터 버림받은 것에 대해서도, 이제 와서 불평할 처지가 아니다.

얼추 각 스태프들에게 전화연락을 마치고 업무를 일단락 지은 키레이는, 혼자 자기 방으로 돌아와서 침대 가장자리에 앉아 아무도 없는 교회의 적막에 귀를 기울였다.

어둠을 응시하고, 자기 자신의 마음을 향해서 묻는다.

이제까지 살아오면서 몇 천 번, 몇 만 번 반복했는지 알 수 없는 물음.

오늘 밤의 그것은 한층 절실하고 절박했다. 이번만큼은 날이 밝을 때까지 대답에 이르러야만 하니까.

—나는, 무엇을 바라지?

사후처리를 맡긴 공작원들로부터 날아오는 수많은 보고들 중에 키레이로서는 간과할 수 없는 것이 두 건 있었다.

한 가지는 캐스터의 해마에 의해 혼란의 도가니였던 강가에서, 사람들이 지켜보는 가운데 변사한 한 성인 남성의 존재. 시체는 아슬아슬하게 성당교회가 확보해서, 경찰의 손에 넘어가지 않을 수 있었다. 얼굴이 심하게 손상되어 신원 판별은 불가능했지만, 오른손에 명확한 영주의 흔적이 있는 점이나 그 밖의 신체적 특징으로 미루어 보아 캐스터의 마스터인 우류 류노스케의 시신이라고 판단해도 거의 틀림없을 것이다. 사인은⋯ 30구경, 혹은 그 이상의 대구경 라이플 탄 두 발.

그리고 또 한 가지의 보고에서는 더욱 생생하게 상황 재현이 가능하다.

바로 몇 시간 전에 신도심 교외의 폐공장에서 케이네스 엘멜로이 아치볼트와 솔라우 누아다레 소피아리의 사살 사체가 순찰 중이던 교회 스태프에 의해 발견되어 확보되었다. 서명이 끝난 채로 현장에 버려져 있던 '자기강제증문—셀프 기아스 스크롤'은 하수인이 얼마나 악랄한 모략으로 랜서의 마스터를 말살했는가를 적나라하게 이야기하는 증거가 되었다.

에미야 키리츠구. 그 냉혈하고 비정한 수렵기계가 하나씩 하나씩 사냥감을 처치해 가는 족적.

아마 지금도 이 밤의 어딘가에서 그 남자는 계속 싸우고 있을 것이다. 그냥 앉아서 망설일 뿐인 키레이를 내버려 둔 채, 그는 착실히 성배를 향해 걸어가고 있다.

과거 허무한 싸움에 몸을 던져 왔던 남자가 9년간의 침묵을 깨고 재기한 '후유키'라는 전장. 하지만 그 의도도 이유도 발견하지 못한 채로, 키레이는 이곳을 떠나려 하고 있다.

무한의 원망기願望機를 손에 넣었을 때, 그 남자는 무엇을 기원할 것인가.

그 해답은 정말로 키레이의 빈틈을 메울 만한 것이었을까.

"…네놈은, 누구지?"

자기도 모르게 소리 내어 중얼거린다. 예전에 기도와도 닮은 예감을 느끼고 에미야 키리츠구에게 기대했던 '답'을, 지금 키레이는 의심하기 시작하고 있다. 뇌리를 오가는 것은 그 몸을 바치면서까지 키리츠구를 지키려고 했던 여자들의 존재다. 그 여자들은 키리츠구에게 무엇을 기대하고 있는 것일까. 혹은 키리츠구의 목적의식은 이미 제삼자와 공유할 수 있을 정도로 범속하게 타락해 있는 것일까.

깊은 정적을 요란하게 헤치는 기척을 느꼈다. 바깥 복도에서 다가오고 있다. 키레이에게는 이미 익숙한 기척이었다. 그저 묵묵히 걷고 있는 것만으로도 저 영령이 현란하게 발하는 압박감은 감출 방법이 없다. 신의 집에 발을 들이고 있으면서도 거리낌이나 자숙과는 전혀 인연이 없는 존재다.

노크도 하지 않고 당당하게 키레이의 방에 들어온 아처는, 생각에 잠겨 있는 키레이를 흘끗 보고는 비웃음이나 동정으로도 볼 수 없는 냉소를 지으며 콧방귀를 뀌었다.

"이 마당에 이르러서도 아직 생각 중인가? 둔중함에도 정도가 있다고, 키레이."

"…토키오미 스승님을 혼자서 돌려보낸 건가? 아처."

"저택까지는 바래다주고 왔다. 요즘에는 어새신보다 악랄한 독거미가 밤에 어슬렁거리고 있는 모양이니 말이야."

키레이는 끄덕였다. 에미야 키리츠구가 조금 전의 회견을 그냥 방관하고 있었을 리가 없다. 오가는 길에 토키오미를 덮칠 계획을 세우고 있었을 것이 확실하다. 키레이는 그렇게 사전에 충분히 일러두었다. …토키오미가 아니라 아처에게.

"그렇다고 해도 참으로 고지식한 녀석이로군. 자기를 버린 주군의 몸을 아직 걱정할 줄이야."

"그건 당연한 판단이다. 애초에 나는 토키오미 스승님의 도구로서의 역할을 끝마쳤어. 이제 이 후유키에 머무를 이유 따윈 없다."

"진심으로 그렇게 생각하고 있는 건 아니겠지?"

모든 것을 꿰뚫어 보는 아처의 시선을, 키레이도 말없이 쏘아

보았다.

그렇지만 핵심을 찌른 말이었음은 부정할 수 없다. 그렇지 않다면 무위하게 앉아 있지 않고, 재빨리 후유키를 떠나기 위한 채비를 시작하고 있었을 것이다.

"지금도 여전히 성배는 너를 부르고 있어. 그리고 너 자신도 역시 계속 싸우기를 바라고 있지."

아처의 거듭된 지적에 키레이는 입을 다문 채 반박을 포기한다.

아처 앞에서 얼버무리는 것은 무의미하다. 이 영령은 키레이가 자기 자신까지도 속이고 있는 거짓말조차 훤히 들여다보고 있다. 그리고 아마도 키레이가 찾는 답의 행방조차 이미 알고 있을 것이다.

저 진홍색 두 눈동자는, 미로를 헤매는 모르모트를 위에서 내려다보는 관찰자의 시선이다. 유도도 구조도 하지 않고, 그 번민을 내려다보며 흥겨워하는 것이 영웅왕의 유열인 것이다.

"…철이 든 이후로 나는 단 한 가지만을 찾으며 살아왔다."

자신의 마음속에 있는 어둠에 말을 거는 것처럼, 키레이는 아처를 앞에 두고 이야기했다.

"그것을 위해 시간을 들이고 고통을 견디고…. 그 전부가 헛수고로 끝났다. 그런데도 지금, 나는 전에 없을 정도로 '답'을 가까이에 느끼고 있어.

분명히 내가 질문해 온 것은 이 후유키에서의 싸움 끝에 있다."

그렇게 소리 내어 말한 것으로, 키레이는 오늘까지 자신을 달려오게 했던 것이 무엇이었는가를 새삼 이해했다.

아주 오래 전부터 코토미네 키레이는 토오사카 토키오미의 하수인으로서가 아니라, 자기 자신을 위해서 싸움에 임해 왔었노라고.

"거기까지 자성하고 있으면서, 대체 뭘 아직 망설이지?"

아처가 차갑게 질문을 던지자 키레이는 펼친 두 손바닥을 빤히 내려다보고, 그런 뒤에 소리도 없이 한탄하듯 얼굴을 덮었다.

"예감이 들어. 모든 대답을 알았을 때, 나는 파멸하게 될 거라는."

만일 에미야 키리츠구에게 걸고 있던 기대가 배신당하게 된다면.

마토 카리야의 말로에서 예상과는 다른 뭔가를 발견하고 만다면….

이번에야말로 키레이는 모든 도피처를 봉인당한 채로 대치하게 될 것이다. 아버지의 죽음, 그리고 아내의 죽음을 겪는 동안에 발견할 뻔했던 **뭔가**와.

차라리 이대로 모든 것에 등을 돌리고 떠나가야 하는 것이 아닐까. 마지막까지 토오사카 토키오미의 순종적인 제자로서, 스승의 지시에 따라 퇴각한다. 명목으로서는 나무랄 데 없다.

이후에는 모든 것을 망각하고, 아무것도 묻지 않고 아무것도 구하지 않으며 초목처럼 무위하게 남은 생애를 보내면 된다. 무엇을 잃더라도, 그 선택에 안식만큼은 확실히 약속되어 있다.

"쓸데없는 생각 하지 마라, 키레이."

아처는 키레이의 몽상을 즉각 차단하며 그를 제지했다.

"그렇게 편의적으로 삶의 방식을 바꿀 수 있었다면, 오늘처럼 고민하는 네가 있을 리 없다. 늘 질문하면서 살아왔던 너는 마지막까지 질문하면서 죽어 가는 거다. 답을 얻지 못한 채로는 안식도 얻지 못한다."

"……."

"차라리 축하해야 하지 않을까? 오랜 시간에 걸친 너의 순례가 드디어 목적지에 도달하는 거다."

"…너는 축복하는 거냐? 아처."

고개를 끄덕이는 아처의 얼굴에는 여전히 한 조각의 온정도 없었고, 오히려 개미집을 바라보는 어린아이처럼 천진한 희열에 빛나고 있었다.

"말했을 텐데? 인간의 업이야말로 최고의 오락이라고. 네가 가지고 태어난 자신의 업과 대면하는 순간을, 나는 몹시 기대하고 있다."

거리낌 없이 그렇게 내뱉는 영웅왕에게, 오히려 이번에는 키레이 쪽이 쓴웃음을 지었다.

"그렇게 유열을 탐하는 것에 집착하며 살아간다는 것은, 필시 통쾌한 것이겠군…."

"부러워할 것 없이, 너 역시 그렇게 살아 보면 된다. 유열이 어떠한 것인가를 이해할 수 있다면, 파멸 따윈 두려워하지도 않게 될 거다."

그때, 복도 밖의 사제실에서 전화벨이 울려 퍼졌다. 키레이는 용건을 이미 알고 있는지, 아무런 의문도 없이 자기 방을 나가서 수화기를 들고 두세 마디의 짧은 대화 후에 바로 전화를 끊고 아처가 기다리는 방으로 돌아왔다.

"뭐지? 지금 전화는."

"아버지의 부하였던 성당교회 공작원으로부터의 연락이다. 지금은 모든 연락이 나에게 오게 되어 있어."

묘하게 시원한 느낌의 키레이의 얼굴에 아처는 미간을 찌푸렸다.

"뭔가 상당히 흥분되는 보고라도 받았나?"

"그럴지도 모르지. 확실히 결정타가 될 수도 있는 정보이기는 했어."

거기까지 말하고, 키레이는 그다음을 계속할지 어떨지 잠깐 망설였지만 결국 단념한 듯이 고개를 젓고 고백했다.

"조금 전의 회견이 끝난 뒤에 아인츠베른의 녀석들을 미행하도록 시켰어. 생전의 아버지가 내린 지시라고 말하니 의심하지도 않고 해 주더군. 덕분에 지금 녀석들이 숨어 있는 거점을 조사해 냈다."

키레이의 말이 의미하는 바를 아처가 이해할 때까지 한 박자의 공백이 생겼다.

그런 뒤에 영웅왕은 배를 잡고 크게 웃으며 몇 번이나 손뼉을 쳤다.

"뭐냐, 키레이…. 너란 녀석은! 애초부터 계속할 각오를 했던 게 아닌가!"

이 마당에 이르러서까지도 자신의 입장을 이용하여 적대 진영의 동향을 탐색하는 것은, 싸움을 계속할 의도가 없다면 할 수 없는 일이다. 키레이는 번민하면서도 한편에서는 전략적인 움직임도 계속하고 있었던 것이다.

다만 거기에 각오가 동반되지 않았던 것뿐이다. 단 몇 분 전까지는.

"망설이기는 했어. 그만두는 방법도 있었지. 하지만 결국…. 영웅왕, 너의 말대로 나라는 인간은 그저 계속 질문하는 것 외에 다른 처방을 알지 못한다."

그렇게 큰소리치면서도 키레이는 상의 소매를 걷어서 다시 한번 팔에 새겨진 영주의 존재를 확인했다.

왼쪽 팔뚝에는 다시 서번트와의 계약을 가능하게 만드는 키레이 고유의 영주가 두 획.

거기에 오른팔 전체에는 아버지의 유해로부터 회수한 보관 영주의 무리. 아직 계약 대상이 특정되지 않은 무수한 영주는, 서번트를 다룬다는 본래의 용도뿐만 아니라 보다 범용성汎用性 높은 무속성의 마력을 짜내는 데도 전용할 수 있다. 말하자면 의사적인 마술각인으로 사용할 수 있는 것이다. 소모품이라는 점을 제외하면 지금의 키레이는 역대의 각인을 쌓은 명문 마도에 필적할 정도의 마술을 몸 안에 비축하고 있다는 이야기가 된다. 계속해서 성배전쟁을 해 나가기에 충분하고도 남는 양이라고 할 수 있다.

이제부터는 대의도 없고 명목도 없이, 이번에야말로 진정한 의미로 코토미네 키레이 단 한 명의 싸움이다.

자신 안의 허무를 메우기 위해, 그 텅 빈 동굴의 형태를 확인하기 위해 에미야 키리츠구에게 묻는다. 마토 카리야에게 묻는다. 그리고 원망기인 성배에 힐문한다.

"하하핫. 하지만 말이다, 키레이. 갑작스럽지만 큰 문제가 있다."

한바탕 웃고 난 뒤에 아처는 그 핏빛 두 눈동자에 장난스러운, 그렇다기보다는 너무나도 사악하고 위험한 빛을 드러냈다.

"네가 자신의 의사로 성배전쟁에 참가한다면, 결국 토오사카 토키오미는 적이 되지 않나. 즉 지금 너는 아무런 대비도 없이 적대하는 서번트와 같은 방에 있다는 뜻이다. 이것은 커다란 궁지가 아닌가?"

"그렇지도 않아. 목숨을 구걸할 계획 정도는 세워 두었다."

"호오?"

흥미롭다는 듯이 눈을 가느다랗게 뜨는 아처에게, 키레이는 새침한 얼굴로 말을 이었다.

"토키오미 스승님과 적대하게 된다면, 이제는 더 이상 그 사람의 헛소리를 감쌀 필요도 없지. 길가메시, 아직 네가 모르는 성배전쟁의 진실을 알려 주마."

"…뭐라고?"

수상쩍은 듯 미간을 좁히는 아처. 키레이는 준비해 두었던 대로 스승인 토키오미로부터 알게 된 성배전쟁의 정체를 이야기하기 시작했다.

"이 세상의 '내부'에 생겨난 기적이 세상의 '바깥'에까지 통할 리가 없어. 원망기의 쟁탈전 따윈 전부 연극이다. '시작의 세 가문'이 노리는 성배의 진의는 따로 있지.

애초에 이 후유키의 의식은 말이지, 일곱 영령의 혼을 모아 산제물로 삼음으로써 '근원'에 이르는 구멍을 뚫으려는 시도다. '기적의 성취'라는 약속도, 전부 영령을 불러들이기 위한 미끼일 뿐이야. 그 '미끼'를 둘러싼 풍문만이 이리저리 떠돈 결과, 지금의 성배전쟁이라는 형태만이 남은 거다."

그것은 마토, 토오사카, 아인츠베른과 거기에 관련된 자들에게만 허락된 비밀이며, 외부 마스터와 모든 서번트에게는 결코 알려져서는 안 되는 진실이었다.

"이번 성배전쟁에서 과거의 '세 가문'이 가진 비원을 올바르게 성취하려고 하는 유일한 마술사가 토오사카 토키오미였다. 그 사람은 일곱 서번트를 전부 죽이는 것으로 '대성배'를 기동시키려 하고 있는 것이지. **일곱 명 전부**다. 이해하겠지? 토키오미 스승님이 그렇게나 영주의 소비를 꺼리고 있던 이유가 그거다. 그 사람은 다른 마스터들과의 투쟁에서는 영주를 두 획까지밖에 쓸 수 없어. 마지막에 남은 한 획은 모든 싸움이 끝난 뒤에 자신의 서번트를 자결시키기 위해 필요하기 때문이지."

거기까지 들은 아처는, 오히려 냉담하고 감정 없는 얼굴과 낮게 억누른 목소리로 물었다.

"…토키오미가 나에게 보인 충의, 그것이 전부 거짓이었다는 건가?"

키레이는 옛 스승의 인격을 돌아보고, 천천히 고개를 저었다.

"그 사람은 확실히 '영웅왕 길가메시'에 대해서는 한없는 경의를 보이고 있을 거야. 하지만 말이다, **아처라는 서번트**인 너는 다르다. 말하자면 영웅왕을 본뜬 존재, 조각상이나 초상화와 같은 수준의 존재일 뿐이야. 화랑에서는 가장 돋보이는 장소에 장식하겠고, 그 앞을 지날 때는 공손히 눈인사도 하겠지. 그리고 막상 배치를 바꿀 때에 둘 자리가 없게 되면 정중하게 파기하겠다… 라는 이야기다.

결국 토키오미 스승님은 뼛속까지 '마술사'였다는 이야기일 뿐이야. 따지고 보면 서번트라는 존재는 결국 도구에 지나지 않는다는 것을 그 사람은 냉정하게 파악하고 있어. 영령은 숭배해도, 그 우상에 환상 따윈 품지 않아."

모든 것을 다 듣고 난 아처는, 그것으로 납득했다는 듯이 한 번 고개를 크게 끄덕이고는 다시 그 특유의 사악한 미소를 지었다. 관용적이면서도 잔인하며, 의젓하면서도 절대적. 모든 가치 기준을 자기 한 사람의 심미만으로 판단하는, 그것은 절대자인 왕의 미소였다.

"토키오미 놈…. 마지막에 와서야 가까스로 쓸 만한 구석을 보였군. 그 따분한 남자도 이것으로 간신히 나를 즐겁게 할 수 있을 것 같아."

그 말이 의미하는 바를 추측해 볼 때, 그것은 정말 피도 얼어붙을 정도로 처참한 선언이었다.

"그러면 어떡할 생각이지, 영웅왕? 그래도 여전히 너는 토키오미 스승님에게 충의를 지키며 나의 반역을 벌할 셈인가?"

"글쎄, 어떡해야 할까. 아무리 불충자라고 해도, 토키오미는 지금도 여전히 나에게 마력을 바치고 있어. 아무리 나라도 완전히 마스터를 버려서는 현계에 지장이 생기니 말이야…."

거기까지 말하고 나서 아처는 뻔뻔스러울 정도의 의미심장한 표정으로 키레이를 응시했다.

"아아…. 그리고 보니 한 사람, 영주를 얻었는데도 상대가 없어서 계약에서 벗어난 서번트를 찾고 있는 마스터가 있었을 텐데 말이야."

"그리고 보니 그랬지."

노골적인 유혹에 실소로 답하며 키레이는 고개를 끄덕였다.

"하지만 과연 그 남자가 마스터로서 영웅왕의 눈에 찰지 어떨지."

"문제는 없을 거야. 너무 고지식한 것이 옥에 티지만, 나름대로 전도유망해. 장래에 상당히 나를 기쁘게 해 줄지도 몰라."

…그리하여.

운명에 선택된 최후의 마스터와 서번트는, 이때 처음으로 서로 미소를 교환했던 것이었다.

×　　　　　×

깊은 땅속에 갇힌 어둠 속, **그것**은 졸음의 심연을 헤매고 있었다.

얕은 잠에 빠진 채 꿈속에서 본 것은, 먼 옛날에 부탁받은 엄청난 숫자의 '기도'.

좋은 세상을. 좋은 인생을. 죄 없는 혼으로 있을 수 있기를.

그렇게 갈망한 나머지, 모든 악성惡性을 다른 곳에서 찾을 수밖에 없었던 연약한 사람들의 바람.

과거에 **그것**은 그 '기도'에 응하는 것으로 하나의 세상을 구제했다.

나 자신 외에 죄는 없다. 나 외에 허물은 없다.

미워해야 할 것은 나 한 사람. 싫어해야 할 것은 나 한 사람.

그렇게 떠맡는 것으로 모든 이들을 구하고 그들에게 안정을 가져다주었다.

그렇기에….

그것은 구제자이지 성자가 아니다. 예찬도 없이 혐오받고, 저주받고, 멸시받고…. 어느새 사람이었던 시절의 이름조차 빼앗기고, 그 '본연의 모습'에 대한 호칭만이 구전되는 개념으로 변해 버렸다.

그것도 이것도, 이제 와서는 오랜 세월이 지난 추억의 꿈.

그 뒤로 어느 정도의 세월이 흘렀을까.

지금 안온하게 잠든 잠자리에서, **그것**은 멍하니 추억을 회상한다.

어떠한 번거로운 일이 있었던 것 같은 기분이 든다. 그렇다, 고작 60년 정도 전. 눈 한 번 깜빡인 정도의 과거 이야기.

너무나도 찰나의 일이라 자세한 부분은 확실치 않지만…. 정신이 들고 보니 **그것**은, 어둡고 따끈한 모태 같은 장소에 있었다.

땅바닥에, 깊이 숨 쉬는 무궁한 어둠.

예전에 그곳은 무한의 가능성을 감춘 '알' 같은 장소였다. 그런 장소에 마치 딱 한 알만 도달한 씨앗처럼 어느 날 흘러 들어온 **그것**은 뿌리를 내렸고, 그때를 경계로 아무것도 아니었던 어둠은 생명을 낳을 배가 되어, **그것**을 키우고 성숙시키기 위한 자궁으로 의미를 바꿨던 것이다.

이후로 얕은 잠에 **빠져** 있으면서도, **그것**은 어머니의 태반으로부터 자양을 받는 태아처럼 영맥의 땅에 흘러 들어오는 마력을 착실히 **빨아**들이며 착실히 살찌면서, 누구에게도 들키지 않고 그저 때를 기다리고 있다.

언젠가 이 깊고 뜨거운 어둠을 **빠져**나와, 태어날 그때를.

문득, **그것**은 아주 가까이에서 들려온 목소리에 귀를 기울였다.

지금, 확실히 누군가가 말했다.

"…**이 세상의 모든 악**을… 상관없어… 기꺼이 떠맡겠다…."

아아, 부르고 있다.

부르고 있다. 축복과 함께.

응해 줄 수 있다. 지금이라면 분명히.

이미 어둠 속에서 막대하게 부풀어 오른 마력의 소용돌이는, **그것**에 확고한 형태를 부여해 가고 있다.

과거의 머나먼 날들에 부탁받은 수많은 '기도'도, 지금이라면 구현할 수 있을 것이다.

'이렇게 있으라'라고 기도받은 그 모습대로.

'이렇게 되게 하라'라고 기원받은 소행 전부를.

퍼즐의 조각은 전부 모였다.

맞물리는 운명의 톱니바퀴는 지금 천천히 돌아가기 시작하고, 성취의 시각을 향해 소리를 내며 가속한다.

남은 것은… 산도産道가 열리기를 기다리는 것뿐.

이윽고 세계를 새빨갛게 물들일 산성産聲을, 졸음 속에서 꿈꾸면서….

그것은 누구에게도 들키지 않고, 지금은 아직 어두운 땅속에서 남몰래 태동을 반복할 뿐이었다.

Interlude

"케리, 너 말이야. 이 섬 이름의 유래를 알고 있던가?"

삐걱거리는 핸들을 느긋하게 조작하면서 샤레이가 물어 왔다.

케리라고 불린 조수석의 소년은 "아니."라고 대답하려고 하다가, 차가 심하게 흔들리는 바람에 하마터면 혀를 깨물 뻔했다.

두 사람이 타고 있는 픽업트럭은 마차가 쇠퇴하기 시작할 무렵의 산물이 아닐까 싶을 정도의 고물차로, 덧붙이자면 지금 달리고 있는 길마저 포장도로가 아니라 정글의 험로다. 소걸음이 이럴까 싶을 정도로 서행하고 있음에도, 딱딱한 시트 위에서 흔들리는 그 감각은 마치 폭풍우 치는 바다에서 보트에 타고 있는 것만 같았다.

폐차 직전의 고물이라고 해도, 이래 봬도 아리마고 섬에 네 대밖에 없는 귀중한 자동차 중 한 대다. 다만 섬의 후미 쪽에, 고작 30호 정도 규모의 작은 어촌만이 존재하는 아리마고 섬에는 애초에 차를 필요로 하는 사람 쪽이 드물었다. 자동차 없는 생활이 불편한 사람이라고 해 봤자 소년의 가족과 출퇴근하는 가정부인 샤레이 정도에 불과했다. 어촌에서 멀리 떨어진 정글 깊은 곳에 있는 소년의 집까지는 이 고물 트럭 이외엔 교통수단이 없다.

"아리마고는 '게' 라는 뜻이잖아?"

소년의 말에 샤레이가 끄덕였다.

"아주 옛날에 이 섬은 바다의 신에게 공물을 바치는 장소였어. 그런데 어느 날, 병든 어머니에게 먹일 음식이 없어서 난처해하던 여자아이가, 저도 모르게 신에게 바칠 공물에 손을 대고 말았지. 그래서 여자아이는 저주를 받아서 게의 모습으로 변해 버렸어."

"끔찍한 이야기잖아."

"그리고 그 이후로 이 섬에서 잡히는 게를 먹으면 어떤 병이라도 곧바로 낫게 되었어. 그 소녀의 어머니도 그 덕분에 오랜 병에서 회복되었대."

"더더욱 끔찍하잖아. 어떻게 그런 신이 다 있지."

어이없었지만 민담에서는 그리 드물지도 않은, 판에 박힌 전승이다. 비슷한 이야기를 찾자면 전 세계 여기저기서 찾을 수 있을 것이다.

"그 신을 모시던 건물은?"

"이젠 없어. 진짜로 있었는지 어떤지도 알 수 없어. 소문대로라면, 케리의 집이 세워져 있는 딱 그 부근이래."

그렇다면 게가 된 소녀는 이런 깊은 정글 속까지 일부러 공물을 훔치러 들어왔다는 건가. 해변에서 물고기라도 잡는 편이 훨씬 편했을 텐데.

"마을 사람들이 너희 집에 가까이 가지 않는 것도 그 때문이야. 불길한 장소라는 거지. 너무 드나들다가는 저주를 받을 거라고 내게도 경고했어."

"그럴 수가…. 그러면 살고 있는 나는 어떻게 되는 거야?"

"케리는 이미 외지인이란 느낌이 아니니까. 마을에서는 내 남동생 취급이잖아."

남동생 취급이라고 하기에는 조금 석연치 않은 구석이 있었지만, 확실히 소년은 집에서 한 걸음도 나오지 않고 틀어박혀 있는 아버지와는 대조적으로 샤레이가 장을 볼 때나 잡무를 처리할 때에는 반드시 트럭에 함께 타고 거의 매일같이 섬 후미의 어촌에 다니고 있다.

이 섬에 건너온 지 슬슬 1년이 되어 간다. 지금은 섬에 사는 모든 사람이 소년을 보면 가볍게 말을 걸어 준다. 초반에는 늘 싸움만 하던 마을의 악동들과도 최근 들어서는 같이 어울려 장난을 치는 일이 많아졌다.

태어난 고향에서 멀리 떨어진 타지이기는 했지만, 그래도 소년은 이 아리마고 섬을 좋아했다.

이주하고 첫 몇 주 동안은 보잘것없는 따분한 나날에 넌더리를 냈지만, 눈부신 남국의 태양과 다양한 색으로 바뀌는 바다의 광채는 어느새 그의 마음을 사로잡고 있었다.

하지만 아무도 다가오지 않는 집 안에서 한 걸음도 나오려 하지 않는 아버지는, 이곳에서의 생활을 즐거워하고 있는 것으로는 보이지 않았다.

"아버지도 마을 사람들과 깊이 어울리게 되면 좀 달라지지 않을까?"

"으~음, 글쎄."

길에 튀어나온 커다란 바위를 능숙한 운전으로 타 넘으면서 샤레이는 쓴웃음을 짓는다.

"파더 시몬 같은 경우엔 그분을 눈엣가시로 여기고 있으니까. 나도 계속 설교를 듣고 있어. 그 집에서 일하고 있다가는 언젠가 악마에게 홀릴 거라고."

"…그렇구나."

늘 온후한 시몬 신부가 뒤에서는 아버지에 대해 그런 식으로 이야기하고 있었다는 것을 안 소년은 적지 않게 낙심했다. 하지만 어쩔 수 없다. 오히려 '그 정도'로 끝나서 다행이라고 생각해야 한다. 만약에라도 시몬 신부가 아버지가 하고 있는 일을 전부 알게 된다면, 분명히 우리 부자는 이 섬에서 도망칠 수밖에 없을 것이다.

샤레이는 한 손으로 허리를 두드리며 칼집이 달린 벨트에 꽂혀 있는 은으로 만든 장식 나이프를 가리켰다.

"봐, 이 칼. 몸에서 떼지 말고 있으라며 파더가 준 거야. 영험한 물건이니 몸을 지켜 줄 거래."

"…늘 과일 껍질을 벗기는 데 쓰잖아, 그거."

"날이 잘 들어서 쓰기 편하니까. 소중히 다루고 있긴 하지만."

어디까지나 가벼운 어조로 이야기를 계속하는 샤레이는, 소년과 달리 이 이야기에서 전혀 음울한 느낌을 받지 않는 눈치였다.

"샤레이는 무섭지 않아? 우리 아버지가."

조금 기가 죽어서 묻는 소년을 향해서, 샤레이는 간단히 끄덕였다.

"평범한 사람이 아니라는 것은 잘 이해하고 있고, 마을 사람들이 어쩐지 기분 나쁘다고 생각하는 것도 무리는 아니라고 봐. 그런 연구를 하고 있다면 도회지를 벗어나서 이렇게 외진 섬에 숨어 살게 된 것도 어쩔 수 없다고 생각하고. 하지만 말이야, 그렇기에 대단한 사람이야. 너희 아버지는."

아버지에 대한 화제가 나오면 어째서인지 샤레이의 분위기는 아주 어른스럽고 지적으로 변한다는 느낌이 든다. 소년과는 네 살 정도의 차이가 있을 뿐이고, 결코 아직 성인 여성인 것도 아니지만.

"그 사람의 지식이나 발견은 어느 것을 놓고 봐도 세상을 송두리째 뒤집어 버릴 만한 대단한 것들뿐이야. 사람들이 두려워하는 게 당연할 테니 비밀로 하는 것도 어쩔 수 없겠지. 하지만 사실 나는 말이야, 그 힘을 세상을 위해서 유익하게 사용해 주면 얼마나 좋을까 하고 늘 생각해."

"…그런 게 가능할까?"

"그분은 포기하고 있지. 하지만 케리, 너라면 분명히 할 수 있을 거야."

진지한 얼굴로 그렇게 말해서, 소년은 오히려 아연실색했다.

"뭐야. 아버지의 제일가는 제자는 샤레이잖아. 그게 가능한 사람이 있다면 샤레이뿐이잖아."

집에 드나들고 있는 샤레이가 단순히 가사나 허드렛일만 하는 것이 아니라 아버지의 일을 거들기도 한다는 것을 소년은 알고 있다. 아버지 왈, 샤레이라는 소녀는 이런 외딴 섬에서 썩고 있기에는 아까울 정도의 두뇌와 재능을 가지고 있다고 한다. 비밀주의자인 아버지가 그런 식으로 중용하고 있을 정도로 그녀의 소질은 빼어났던 것이리라.

하지만 당사자인 샤레이는 큰 웃음을 터뜨리며 고개를 저었다.

"나는 제자 같은 게 아니야. 기껏해야 조수 정도지. 허드렛일 담당. 가정부. 그러니까 중요한 것은 아무것도 배우지 못했고 말이야.

하지만 케리, 너는 틀림없는 아버지의 후계자야. 지금 아버지가 하고 있는 연구는 전부 언젠가 케리에게 물려주기 위해 준비하고 있는 것들뿐이니까. 다만 지금은 시기가 너무 이른 것뿐이야."

"……."

진지하게 이야기하는 샤레이의 어조는 마치 친동생을 배려하는 누나 같아서, 소년은 복잡한 심정에 사로잡혀 입을 다물었다.

자신을 낳은 지 얼마 지나지 않아 타계했다는 어머니에 대해서는 기억하지 못한다. 소년에게 가족이라고 부를 수 있는 것은 아버지 한 사람뿐이다. 비뚤어진 성격에다 엄격하기도 하지만, 그래도 자상하고 위대한 아버지. 소년이 이 세상에서 누구보다도 경애해 마지않는 인물이다.

그래서 그런 아버지가 아들보다 먼저 다른 '조수'를 총애하게 된 것은, 처음에는 몹시 언짢았다. 집에 오는 샤레이를 정말로 싫다고 생각한 시기도 있다. 하지만 샤레이의 밝은 성격과 세심한 마음씀씀이에 의해 그의 마음이 풀어지는 데는 그리 오랜 시간이 걸리지 않았다.

마치 가족이 또 한 명 늘어난 것 같았다. 샤레이는 소년의 아버지를 마치 자기 아버지인 것처럼 존경했고 그 아들도 친동생처럼 귀여워하며 돌봐 주었다. 어머니가 없는 소년에게 '누나'라는 존재가 특히 큰 의미를 지니게 되는 것은 당연한 흐름이다.

아니, 정말로 그것뿐일까, 하고 최근에는 기묘한 설렘까지 느낀다.

샤레이의 상냥함도, 활달함도, 명석함도 충분히 알고 있다. 하지만 그것뿐만이 아니라 왠지 모를 그녀의 몸짓—예를 들면 지금 이렇게 콧노래를 흥얼거리면서 트럭의 핸들을 쥐고 있는 옆

얼굴 등—이 조금 당황스러울 정도로 아름답게 느껴지는 것은 대체 어째서일까?

"케리는 말이야, 어떤 어른이 되고 싶어? 아버지가 하시는 일을 이어받으면, 그걸 어떤 식으로 쓰고 싶어?"

"…어?"

딴생각을 하고 있던 소년은 샤레이의 질문에 허를 찔렸다.

"세상을 바꿀 힘이야. 언젠가 네가 손에 넣는 것은."

"……."

아버지의 유산. 그것에 대해서 생각한 적이 없다고 말하면 거짓말이다. 그 가치도, 그 의미도 나름대로 이해하고 있기는 하다.

물론 그 용도에 대해서도.

하지만 그것을 말로써 입 밖에 내는 것은, 특히 샤레이 앞에서는 너무나도 꺼려졌다. 어린아이 같은 유치한 꿈이라고 비웃음 당하는 것은 싫다. 특히 그녀에게만은.

"…그건, 비밀이야."

"흐응?"

짓궂게 흘겨보면서 샤레이는 빙그레 웃었다.

"그러면 어른이 된 케리가 뭘 할지, 내가 이 눈으로 지켜보게 해 줘. 그때까지 계속 네 곁에 있을 테니까. 알겠어?"

"…맘대로 해."

부끄러운 나머지 소년은 눈을 돌렸다.

그래야만 할 정도로 연상의 소녀가 웃는 그 모습은 그에게 너무나도 눈부셨다.

×　　　×

양초처럼 하얀 피부.

검푸르게 떠오른 정맥이, 마치 금이 간 것처럼 **뺨을 빽빽이** 뒤덮고 있다.

고통에 경련하는 표정은, 그야말로 단말마의 순간을 보여 주는 듯했다.

죽어 있다. 한눈에 그 사실을 알 수 있었다.

죽어 있는데도, 아직 움직이고 있다.

그것은 사람의 형체를 하고 있지만 이미 인간이 아닌 뭔가로 바뀌어 있다고, 소년은 어찌할 수 없을 정도로 명백히 이해했다.

바깥은 밤. 물론 가로등 따윈 없는 섬이다. 그래도 밝은 달빛은 너무 밝다 싶을 정도로 새하얗게, 조용히 창문으로 비쳐 들어서 참극의 현장을 밝히고 있다.

마을 외곽의 닭장이었다. 낮 동안에 어째서인지 모습을 보이지 않았던 샤레이를 찾아 소년은 마을 안을 뒤졌고, 날이 저문 뒤에도 포기하지 않고 찾다 여기에 이르렀다.

뜯어 먹혀 여기저기 흩어져 있는 닭의 사체와, 한쪽 구석에 떨면서 흐느껴 우는 **죽은 사람** 곁으로.

죽여 줘―.

좋아하는 사람의 얼굴을 한 그것은, 흐느껴 울듯이 그렇게 애원해 왔다.

가볍게 소년의 발치에 내던져진 은색 나이프가 달빛을 받으며 흉측하게 반짝인다.

무서워―.

내 손으로는 못 해―.

그러니까 부탁이야. 네가 죽여 줘―.

지금이라면 아직, 늦지 않았어―.

"그럴 수는…."

고개를 저으며 소년은 뒤로 물러섰다.

할 수 있을 리가 없다.

어떠한 모습으로 변하더라도 샤레이는 샤레이다. 계속 같이 있겠다고 약속해 준 소중한 가족. 아니, 그 이상으로 소중한 사람이다.

부탁이야―.

괴로운 듯 헐떡이는 샤레이의 입에 **빽빽**하게 나 있는 날카로운 송곳니가 엿보인다. 소녀는 슬피 울면서 굶주린 짐승의 숨을 내쉬고 있었다. 그 불쌍한 모습에 소년은 미쳐 버릴 것만 같았다.

이젠— 틀렸어— 억누를 수 없게 되기 전에— 어서—.

말라리아에 걸린 듯 떨며 몸부림치더니, 샤레이는 드러낸 이로 자신의 팔을 깨물었다.

후릅….

후릅… 하고 피를 빠는 소리가 소년의 고막을 간질인다.

부탁이야—.

집요하게 애원하는 그 목소리를, 소년은 자기 자신의 비명으로 지우며 닭장에서 뛰쳐나갔다.

무서웠던 것은, 두려웠던 것은 변해 버린 샤레이보다도 오히려 발치에 떨어져 있던 나이프의 광채였다.

무슨 일이 일어났는지 모르겠다. 이해하고 싶지도 않다.

어쨌든 누군가에게 도움을 청해야 한다.

분명히 이 악몽 같은 일을 해결해 줄 어른이 있을 거라고, 그렇게 소년은 믿었다.

분명히 샤레이는 구할 수 있다. 누군가가 분명히 구해 줄 것이다.

그것을 결코 의심하지 않겠다고, 기도하듯이 자기 자신에게 들려주었다.

　시몬 신부가 있는 교회까지는 전력으로 달려가면 아마 5분도 걸리지 않을 것이다.

　울부짖으며 소년은 달렸다. 발의 아픔도, 세차게 고동치는 가슴의 괴로움도 전혀 의식하지 않았다.

×　　　×

　나탈리아 카민스키. 그녀는 그렇게 자신을 소개했다.

　남국의 열대야에는 정말 어울리지 않는 칠흑의 레인코트를 걸치고 있는데도 땀 한 방울 흘리지 않는다. 창백하고 무표정한 얼굴은 냉혹 그 자체. 정말 피가 흐르고 있기는 한 것인지, 사람다운 체온이 있는지조차 의심스러울 정도였다.

　그것이 소년을 아비규환의 지옥도에서 데리고 나온, 생명의 은인의 풍채였다.

　"그건 그렇고, 꼬마. 슬슬 질문에 대답해 줬으면 하는데."

　여자의 차가운 목소리에 등을 돌린 채로, 소년은 저 멀리에서 불타고 있는 어촌의 모습을 응시하고 있었다.

　바로 어제까지만 해도 평화로웠던 마을. 단 몇 시간 전까지 달빛 아래서 조용히 잠자고 있던 마을이 지금 업화에 불타고 있었다. 맞은편 절벽에서 내려다보이는 섬 후미의 그 광경은, 믿기 어려운 끔찍한 악몽이라고밖에 생각되지 않았다.

그곳에서 보았던 자상한 웃는 얼굴들이 이제 결코 돌아오지 않는다는 걸, 어떻게 받아들일 수 있겠는가.

"…뭐가 어떻게 된 거지?"

갈라진 목소리로 묻는 소년에게, 나탈리아가 콧방귀를 뀌었다.

"먼저 질문한 건 이쪽이라고, 꼬마. 이제 그만 제정신으로 돌아오지 않겠어?"

"……."

소년은 고개를 저었다. 설령 생명의 은인이라고 해도, 지금 자신이 던진 물음에 답하지 않는 한 아무런 말도 할 생각이 들지 않았다.

완고한 침묵을 보고 나탈리아는 그의 의도를 파악한 것이리라. 그녀는 자못 귀찮다는 듯이 한숨을 내쉬면서 담담하게 설명을 시작했다.

"지금 저 마을에서 날뛰고 있는 녀석들은 두 그룹이야. 한쪽은 '성당교회'의 대행자. 네가 알 만한 자상한 신부님하고는 전혀 달라. 신에게 등을 돌린 죄인은 모두 죽여도 된다고 믿어 의심치 않는 녀석들이지. 물론 흡혈귀 같은 건, 발견하면 절대 용서하지 않아. 피를 빨린 녀석들도 남김없이 죽이고, 일일이 분간할 여유가 없으면 피를 **빨렸을지도 모르는** 녀석이더라도 전부 죽이지. 요컨대 지금, 저 녀석들에게는 여유가 전혀 없다는 거다.

그리고 다른 한쪽의 '협회'는 조금 설명하기 어려운데…. 애초에 흡혈귀라는 기괴한 것을 만들어 낸 것이 누구인가 하는, 그 비밀을 독점하고 싶어 하는 녀석들이야. 당연히 '독점'이 목적인 만큼, 사정을 알려고 하는 다른 녀석은 남김없이 죽이지. 입막음. 증거인멸. 철저하게 하지 않으면 의미가 없으니까.

뭐, 그런 이유로 소년, 너는 아주 운이 좋아. 지금 이 섬에서 벌어지고 있는 저 녀석들의 **대청소**에서 도망쳐 살아남은 주민은 아마도 너 하나 정도일 거야."

아마 나탈리아가 예상하던 것보다 순순히, 소년은 사정을 받아들였다. 어째서 그런 위험한 녀석들이 이 아리마고 섬에 찾아왔는지, 그 경위도 예상할 수 있었다.

소년은 시몬 신부에게 도움을 청했고, 그 말을 들은 신부는 또 다른 누군가에게 연락을 취했다. 그런 전달 사항이 섬 바깥에까지 미치는 동안, 그 과정 어디에선가 그것이 결코 전해져서는 안 되는 자들의 귀에까지 도달했다는 이야기다.

경위는 접어 두고, 발단이 누구인가는 의심할 것도 없다. …자기 자신이다.

소년이 샤레이의 애원을 듣고, 용기를 내어 사랑스러운 소녀의 심장을 나이프로 도려냈다면 이런 참상에는 이르지 않았다.

그렇게 함으로써 영혼에 아무리 큰 구멍이 뚫리더라도, 두 번 다시 편안한 밤잠을 이루지 못하게 될지라도, 그 이상 아무도 죽지 않게 할 수는 있었다.

그리운 저 섬에, 소년이 스스로 불을 지른 것이나 마찬가지였다.

"…당신은 어느 편이야?"

"나는 '협회'를 상대하는 세일즈맨이야. 녀석들이 원하는 '비밀'을 몰래 확보해서 팔아넘기는 것이 일이지. 물론 이렇게 사태가 커지기 전이 아니면 장사가 안 돼. 이번에는 조금 늦어 버렸지만."

그렇게 가볍게 어깨를 으쓱거린 나탈리아는 분명히 이런 광경을 이미 몇 번이나 지켜봐 왔을 것이다. 검은 코트의 여자는 마치 몸에 밴 냄새처럼 죽음과 불꽃의 기척을 진하게 풍기고 있었다.

"자, 그러면 꼬마. 하던 이야기로 돌아갈까. 슬슬 내 질문에도 답해 줘.

봉인지정…이라고 말해도 너는 아무것도 이해 못 하려나. 뭐, 어쨌든. 이번 흡혈귀 소동의 원흉인 나쁜 마술사가 이 섬 어딘가에 숨어 있을 거야. 너, 뭔가 짚이는 건 없냐?"

×   ×

　여기서는 여담에 지나지 않지만, 어떤 의미에서는 핵심이라고
할 수 있는 사실이 있다.

　'케리'라는 것은 소년의 올바른 이름이 아니다.

　먼 이국에서 태어난 그의 이름은, 이 지방 사람들이 발음하기
엔 몹시 어려웠다. 우선 처음에 샤레이가 그를 케리라는 약칭으
로 부르고, 그것이 섬 사람들 사이에서도 정착되어 버렸다. 소년
도 '케리투구'라는 기묘한 발음으로 불릴 바에야, 차라리 약칭
이 낫다고 포기하고 받아들이고 있었다.

　올바른 발음으로는 키리츠구라고 한다.

　그가 바로 봉인지정 마술사, 에미야 노리카타衛宮矩賢의 적자였
다.

×   ×

　심야, 정글 깊숙이에 있는 방갈로로 돌아온 키리츠구를 그의

아버지는 안도하는 표정으로 맞이했다.

"아아, 키리츠구. 무사했구나. 정말 다행이다…."

얼굴을 보자마자 아버지는 그를 끌어안았다. 대체 몇 년 만인지 알 수 없는 아버지의 팔을, 키리츠구는 등과 두 어깨로 느꼈다. 고지식한 아버지가 이런 식으로 감정을 드러내는 일은 좀처럼 없다. 그것만으로도 평소에 감추고 있는 친자의 정을 느끼지 않을 수 없었다.

잠시 후 손을 떼더니, 아버지는 표정을 바꾸어서 엄하게 키리츠구에게 따졌다.

"오늘은 절대 숲의 결계 밖으로 나가지 말라고 그렇게나 말했을 텐데. 왜 내 말을 어겼지?"

"…샤레이가 걱정되어서요."

소녀의 이름이 나오자마자 아버지는 겸연쩍은 듯 시선을 돌렸다. 단지 그 동작만으로도 일이 돌아가는 형편을 눈치채기에 충분했다.

"아버지는 샤레이의 몸에 무슨 일이 일어났는지 알고 있었죠? 그래서 저더러 외출하지 말라고 명령했던 거죠?"

"…그 애에 대한 일은 정말 유감이다. 시약은 위험하니까 절대 건드리지 말라고 말해 두었는데. 아무래도 호기심을 이기지 못했던 것 같아."

몹시 언짢아하는 말투이기는 했지만, 거기에는 후회도 부끄러움도 없었다. 마치 어린아이가 장난을 쳐서 깨져 버린 꽃병에 대해서 이야기하는 것 같은, 둘 곳 없는 분노와 짜증만이 있었다.

"…저기, 아버지. 어째서 사도死徒에 대해 연구하나요?"

"물론 나도 본심은 아니야. 하지만 우리 에미야 가문의 탐구에는 어찌하더라도 영원한 시간이 필요하다. 나, 그렇지 않으면 하다못해 네 대에서는 수명에 대한 대책을 강구할 필요가 있었어. 죽을 운명에 묶인 육체로는, '근원'은 너무 멀어."

달빛 아래서 봤던 샤레이의 애처로운 모습이 키리츠구의 뇌리에 생생하게 되살아났다.

"아버지는… 언젠가 저도 그런 모습으로?"

"말도 안 되는 소리. 흡혈충동을 이길 수 없는 사도화 같은 건 실패다. 그 점에서 뜻밖에도 샤레이는 일찌감치 답을 내 주었지. 시간과 노력을 들였던 시약이었는데 아무래도 결과는 좋지 않은 모양이다. 또 근본적인 이론을 다시 찾아봐야 할 것 같아."

"…그렇구나."

키리츠구는 고개를 끄덕이고 납득했다.

아버지는 계속할 생각이다. 이 정도의 희생에는 까딱하지도 않고, 몇 번이고 반복해서 만족스러운 결과를 손에 넣을 때까지.

"키리츠구, 이 이야기는 나중에 다시 하자. 지금은 도망치는 게 먼저야. 미안하지만 네가 짐을 꾸리게 할 여유가 없구나. 슬슬 협회 녀석들이 이 숲의 결계를 간파할 때가 됐어. 당장이라도 여길 떠야 해."

그렇게 말하는 아버지 쪽은 어떤가 하면, 미리 여행 준비를 마쳐 두었는지 방 한구석에 두 개의 대형 슈트케이스가 놓여 있었다. 도망칠 준비는 이미 끝나 있던 것이다. 그런데도 지금까지 출발을 늦추고 있던 것은 아들이 이곳으로 돌아올 거라고 마지막까지 의심하지 않고, 포기하지 않았기 때문일까.

"…도망칠 수 있어요? 지금부터."

"이런 일도 있을까 싶어서 예전부터 남쪽 해안에 모터보트를 감춰 두었다. 유비무환이지."

양손에 슈트케이스를 들고 현관으로 향하는 아버지의 등에서는 아무런 경계심도 느껴지지 않는다.

무거운 발을 끌듯이 뒤따라 걸으면서, 키리츠구는 바지 주머니에서 나탈리아에게 빌린 권총을 살짝 뽑아 들었다.

32구경. 지근거리에서 침착하게 조준하면 어린아이라도 확실히 맞출 수 있다. 그렇게 검은 코트의 여자는 보증했다. 나머지는 키리츠구의 문제다.

총구를 무방비한 아버지의 등을 향해 겨누면서 소년은 불타오르는 어촌의 광경을, 변해 버린 샤레이의 최후를 떠올리려고 유념했다. 그런데도 가슴에 솟아나는 것은 10년 넘게 쌓여 온 아버지와의 기억. 그 숨겨진 자상함과 애정을 깨달아 왔던 추억들이었다.

사랑받고 있었다. 기대받고 있었다. 자신도 역시 사랑했다. 자랑스러워하고 있었다.

하다못해 눈을 감고 싶다고, 그렇게 생각하는 마음과는 반대로 키리츠구는 두 눈을 뜬 채 총을 겨누고서 신속하게 방아쇠를 당겼다.

팡! 하는 생각보다 작고 마른 소리.

뒤에서 목을 꿰뚫린 아버지는 머리를 처박듯 앞으로 고꾸라졌다. 키리츠구는 걸음을 멈추지 않고 그대로 다가가면서, 계속해서 뒤통수에 한 발. 두 발. 그리고 멈춰 서서 등뼈를 향해서 두 발을 더 쏘았다.

믿을 수 없었다. 자신의 냉정함에, 다름 아닌 키리츠구 자신이 겁에 질렸다.

마지막까지 망설이고 있었다. 확실히 마음속에서 갈등하고 있기는 했다. 그런데도 총을 손에 든 뒤에는 마치 모든 것이 예정조화豫定調和처럼 저절로 손이 움직였다. 그의 몸은 마음의 상태를 전혀 참작하지 않고 기계장치처럼 재빠르게 '해야 할 일'을 수행했다.

이런 것도 재능이라고 해야 할까. 그런 얄궂은 감개가 머릿속에서 떠오르고는 아무런 성취감도 없이 허무로 돌아갔다.

마룻바닥에 천천히 피의 얼룩이 퍼져 나간다. 아버지는 이미 없었다. 그곳에 굴러다니는 것은 그저 시체에 불과했다. 이런 **것**

이 원흉이 되어서, 이런 **것**을 빼앗기 위해 이 섬의 주민은 전부 살해되고 불태워졌다.

훌륭한 사람이라고 샤레이는 말했다. 세상을 바꿀 수 있는 힘을 가진 사람이라고도. 키리츠구도 역시 그렇게 생각하고 있었다.

어린 두 사람은 마도魔導가 무엇이라고 생각하고 있었던 걸까. 마술사라는 삶에 무엇을 기대하고 있었던 걸까.

처음에 키리츠구는 자신이 울고 있다는 것조차 깨닫지 못했다. 슬픈 것인지 분한 것인지도 이해하지 못했다. 그저 극도로 공허한 상실감만을 느끼고 있었다.

오른손에 든 총이 무겁다. 견딜 수 없을 정도로 무겁다. 던져버리려고 했지만 불가능했다. 손가락이 총에 단단히 달라붙은 채로 움직이지 않는다.

키리츠구는 폭발의 위험에도 아랑곳없이, 난폭하게 오른손을 휘둘러서 어떻게든 총을 떼어 놓으려고 했다. 그러나 정색하고 떼어 내려고 하면 할수록 손가락은 의지하는 것처럼 단단히 총을 쥐었다.

그때 누군가가 난폭하게 그의 팔을 움켜쥐더니 쑥, 하고 요술처럼 간단하게 그 손에서 총을 빼앗았다. 거기서 간신히 키리츠구는 바로 옆에 있던 나탈리아의 존재를 깨달았다.

"꼬마의 경고와는 달리 이곳의 결계는 그리 치밀하지 않았어.

의외로 간단하게 돌파할 수 있었다고."

어째서인지 야단치는 것 같은 어조로 나탈리아가 내뱉었다.

"…당신, 화났어?"

"이럴 줄 알았다면 이런 물건을 꼬마에게 넘길 필요도 없었으니까."

키리츠구에게서 빼앗은 권총을 분하다는 듯이 흘끗 보고서, 그녀는 안전장치를 채우고 품 안에 집어넣었다.

"하지만 결국 당신이 제때 도착할지는 운에 맡겨야 했던 거잖아?"

실제로 아슬아슬한 타이밍이었다. 에미야 노리카타는 그야말로 지금 막 집 밖으로 나가려 하고 있었다. 이 자리에서 무사히 도망쳤더라면, 그는 다시 모습을 감추고 어딘가에서 사도의 연구를 재개하고 있었을 것이다. 이 섬에서 벌어진 참극을 재발시킬 위험은 일절 돌아보지 않고.

운 따위에 의지할 수 없었다. 결코 놓쳐서는 안 되었던 것이다.

"이 사람을 확실히 죽이려면, 내가 처치할 수밖에 없었어."

"그건 어린애가 부모를 죽일 이유치고는 제일 저급한 이유야."

아연실색하며 내뱉은 나탈리아를 향해서, 키리츠구는 눈물에 젖은 얼굴을 한 채 뭔가 개운해진 듯한 기분으로 웃었다.

"…당신, 좋은 사람이구나."

나탈리아는 그 웃는 얼굴을 빤히 쳐다보더니, 그 뒤에 한숨을 쉬고는 에미야 노리카타의 시체를 어깨에 짊어졌다.

"섬 바깥까지는 데리고 가 주지. 뒷일은 알아서 생각해. 뭔가 가지고 갈 것은 없어?"

키리츠구는 단호히 고개를 저었다.

"아무것도 없어."

$$\times \qquad \times$$

결국, 계속되는 수년의 세월을 키리츠구는 나탈리아 카민스키 곁에서 보냈다.

당연하게도 나탈리아는 고아를 평범한 어린아이로 키울 정도의 여유도 온정도 가지고 있지 않은 인물이었다. 필연적으로 키리츠구는 어엿한 일손으로 부려지게 되었지만, 그것은 그가 바라던 일이기도 했다.

나탈리아로부터 배워 자신을 단련하는 것은 바꿔 말하면 나탈리아와 같은 길, 즉 '사냥꾼'으로서의 인생을 걷는다는 결의나 마찬가지다.

바깥세상이라는 현실에 몸을 노출시킨 키리츠구는 이윽고 뼈저리게 깨달았다. 아리마고 섬의 참극은 결코 드문 사례가 아니라, 이 세상의 어두운 영역에서 일상다반사처럼 벌어지고 있는 우행이라고.

구도求道에 집착한 나머지, 재앙을 흩뿌리는 것도 마다하지 않는 마술사들. 그리고 그것을 비밀리에 수습하기 위해서라면 수단을 가리지 않는 2대 조직. 신비와 그 비닉秘匿을 둘러싼 투쟁은 세상 어디에서나 빈발하고 있었다. 그야말로 나탈리아의 일이 가업으로 성립할 정도로.

에미야 노리카타라는 마술사를 처치한 행위는 비극의 재발을 막는다는 명목과는 거리가 멀었다. 마치 드넓은 바다에서 한 방울의 물을 떠낸 것이나 마찬가지인, 헛되이 느껴질 정도로 사소한 처치였던 것이다.

그날, 이 손으로 아버지를 죽인 것에 정말로 가치를 찾아내고자 한다면….

그것은 아버지와 같은 이단의 마술사들을 하나도 남기지 않고 전부 사냥해서 죽인 끝에야 간신히 찾아낼 수 있는 구제일 뿐이었다.

봉인지정 집행자.

조리의 밖에 있는 마魔를 사냥하는 사냥개. 그런 인간 같지 않은 수라의 삶을 살기로, 소년은 아무런 주저도 없이 결의했다.

나탈리아는 조직에 소속되지 않고 보상금만을 목적으로 사냥감을 사냥하는 완전한 프리랜서였다. 그녀가 표적으로 삼는 것은, 귀중한 연구 성과를 거두면서도 마술협회의 관리를 벗어나 은거하며 비밀리에 진리를 더 연구하려고 하는 '봉인지정' 된 마술사들이다. 그들 이단자를 심문이란 명목하에 말살하는 '성당교회' 와는 달리, 마술협회는 그 연구 성과의 확보를 최우선으로 삼고 있다.

그중에서도 특히 귀중한 것은 마술사들의 육체에 새겨진 '마술각인' 이다. 대를 거듭하며 깊어진 마도를 후계자의 육체 자체에 새겨 넣음으로써, 그들은 다음 세대에 심원한 연구를 맡기는 것이다.

나탈리아는 협회와 교섭해 에미야 노리카타의 시신에서 회수한 마술각인 일부를 그 아들인 키리츠구에게 계승시켰다. 중요한 부분은 협회 측이 확보한 뒤라서 노리카타가 아들에게 맡기려고 했던 모든 각인의 2할도 되지 않는 '잔재' 뿐이었지만, 그래도 키리츠구가 마술사로서 자립하기에는 충분했다. 원래부터 키리츠구에게는 아버지의 유지를 이어 연구를 계속할 의도는 털끝만큼도 없었다.

나탈리아는 마술을 평생의 목적이 아니라 단순한 수단의 일환으로 키리츠구에게 교육했다. 사실 그것은 소년이 여자 헌터에게서 배운 수많은 '수단'의 하나일 뿐이다.

추적술. 암살술. 다양한 병기의 취급. 사냥개의 '이빨'은 하나만이 아니다. 모든 환경과 조건하에서 사냥감을 궁지에 몰아넣고 처치하기 위해서는, 계속해서 다채로운 기술이나 지식을 익힐 필요가 있었다.

어떤 의미에서 그것은 인류가 축적한 지혜의 극한이라고 볼수도 있었다. 자신들과 같은 모습을 한 두 발로 걷는 짐승을 사냥하기 위해서 인간이 어느 정도의 역사와 지성을 소비해서 '살인'의 테크놀로지를 연마해 왔는가를, 키리츠구는 몸으로 배웠다.

피와 초연硝煙으로 얼룩진 세월은 순식간에 지나갔다.

청춘기의 가장 다감한 시기를 가혹한 경험과 단련 속에서 보낸 에미야 키리츠구의 풍모에는 이미 소년의 흔적 따윈 한 조각도 남지 않았다. 나이가 좀처럼 짐작되지 않는 동양인이란 점도 있어서, 전부 성인으로 등록된 세 개의 위조 여권은 단 한 번도 의심받지 않고 통용되었다.

간혹 키나 수염이 옅은 점에 대해 신경 쓰는 사람은 있었지만, 그 침울하게 식고 메마른 시선이 설마 십대 소년의 것이라고는 생각할 수 없었을 것이다.

그날.

　스승이자 파트너이기도 한 나탈리아가 생애 최악의 위기에 직면했을 때, 키리츠구는 그것을 알면서도 일절의 감정을 얼굴에 드러내지 않고 착착 자신의 임무를 다하고 있었다.

　내심 초조와 동요에 몹시 혼란스러웠지만, 어쨌든 키리츠구에게는 나탈리아를 원호할 수단이 아무것도 없었던 것이다. 지금 그녀가 싸우고 있는 전장은 고도 35,000피트 이상의 하늘 위. 점보제트 여객기 내부였다.

　사건의 발단은 '마봉사魔蜂使'란 이명으로 알려진 마술사, 오드 볼자크의 추적이었다.

　한정적이나마 사도화에 성공한 이 마술사는 자신의 사역마인 벌들의 독침을 통해서 부하인 시식귀屍食鬼를 늘리는 위험천만한 인물이었다. 얼굴을 바꾸고 가짜 신분을 마련해서 일반인으로 위장한 채 오랫동안 모습을 감추고 있었던 그가 파리발 뉴욕행 에어버스 A300에 탑승했다는 정보를 얻은 것이 나흘 전. 나탈리아는 용모도 가짜 이름도 모르는 이 표적을 287명의 승객 중에서 찾아낸다는 극히 까다로운 '사냥'에 과감하게 도전했다.

　파트너인 키리츠구는 동승하지 않고, 대신 뉴욕에 먼저 가서 유망한 정보망을 뒤져 볼자크의 변장을 간파할 단서를 찾는 역할을 맡았다. 스승과 제자 두 사람은 하늘과 지상에서 밀접하게 연락을 취하면서 밀폐된 공간 속에서 조용히, 착실히 사냥감의 범위를 좁혀 나갔다.

이륙한 지 약 세 시간. 암살이란 목적 자체는 생각 외로 빨리 달성되었다. 그러나 그것은 진짜 참극의 개막일 뿐이었다.

볼자크가 세관을 속이고 기내까지 '사도봉死徒蜂'을 가지고 들어왔던 것이 치명적인 문제가 되었다. 나탈리아가 처치하지 못한 벌이 계속해서 승객을 쏘았고, 그로 인해 점보제트기의 객석은 순식간에 시식귀들이 날뛰는 지옥으로 변모했던 것이다.

도망칠 곳이 없는 폐쇄공간에서 한없이 증식하는 시식귀들에게 습격당하게 되면, 천하의 나탈리아에게도 상황은 절망적일 수밖에 없다. 시시각각 악화되어 가는 상황을 어쩔 방도도 없이 무전으로 들으면서, 그래도 키리츠구는 나탈리아의 생존 가능성을 결코 버리지 않았다.

나탈리아가 거듭해서 키리츠구에게 가르쳤던 대원칙. '무슨 일이 있더라도 수단을 가리지 않고 살아남는다' 라는 신조는, 수많은 전장을 헤쳐 나온 저 여자 사냥꾼에게 이번에도 활로를 열어 줄 거라고 키리츠구는 굳게 믿고 있었다. 침묵한 지 이미 두 시간이 경과한 야외무전기 앞에 앉아서, 그는 그저 묵묵히 파트너로부터의 통신을 기다리고 있었다.

이윽고 밤하늘의 별이 청회색 여명에 지워지기 시작할 무렵, 드디어 무전기가 침묵을 깨고 지칠 대로 지친 여자의 목소리를 노이즈를 섞어 내보내기 시작했다.

[…듣고 있나? 꼬마…. 자고 있는 건 아니겠지?]

"감도는 좋아, 나탈리아. 서로 밤을 새우느라 힘든 아침이네."

[어젯밤 네가 침대에서 편히 잤다면 나중에 목을 졸라 죽여 버릴 줄 알아…. 그건 그렇고 좋은 뉴스와 나쁜 뉴스, 어느 쪽부터 듣고 싶어?]

마른 웃음 뒤에 무뚝뚝하게 나탈리아는 물었다.

"당연히 좋은 소식부터 들어야겠지?"

[오케이. 우선 좋은 소식이라면, 어쨌든 아직 살아 있어. 비행기 쪽도 무사해. 조금 전에 조종석을 확보했거든. 기장도 부기장도 임종하셨다는 점이 눈물 나는 부분이지만, 조종만이라면 나도 할 수 있어. 경비행기 같은 요령으로 어떻게든 될 경우의 이야기지만.]

"관제탑과의 연락은?"

[이미 했어. 처음에는 장난치는 게 아닌지 의심받았지만 말이야. 상냥하게 에스코트해 주겠대.]

"…그러면, 나쁜 소식은?"

[응. …결국 물리지 않은 것은 나뿐이야. 승무원과 승객 300명 전부 시식귀가 되어 버렸어. 조종석의 문 한 짝 바깥은 하늘을 나는 죽음의 도시란 이야기지. 오싹하네.]

"……."

키리츠구가 상정할 수 있는 최악의… 그리고 만에 하나의 경우에는 있을 수 있다고 각오했던 상황이었다.

"그 상황에서 당신… 살아 돌아올 수 있는 거야?"

[뭐, 문은 충분히 튼튼하니까. 지금도 득득 긁어 대고 있지만 부서질 걱정은 없어. 오히려 착륙 쪽이 불안해. 이렇게 커다란 놈을 정말로 제대로 컨트롤할 수 있을지 어떨지.]

"…당신이라면 해낼 수 있을 거야. 분명히."

[격려해 주는 거야? 고맙네, 이거.]

어색한 웃음 뒤에 그녀는 힘없이 한숨을 쉬었다.

[공항까지 앞으로 50분 남짓이야. 기도하며 기다리기에는 너무 길지. …꼬마, 잠시 이야기 상대를 해 줘.]

"…좋아."

그리하여 시답잖은 잡담이 시작되었다. 우선 연락이 두절되었던 과거 두 시간 동안의 보고부터 시작해서 죽은 볼자크에 대한 모든 어휘를 동원한 매도가 개진되고, 그 뒤에는 자연스럽게 두 사람이 과거에 처치해 왔던 마술사나 사도들, 함께 헤쳐 나왔던 수라장의 회상으로 이야기가 흘러갔다.

평소에는 말이 많지 않은 나탈리아이지만, 오늘에 한해서는 의외로 수다스러웠다. 객석에서 들려오는 시식귀들의 울부짖음 이나 끝도 없이 조종석 문을 두들겨 대는 소리로부터 주의를 돌 리려면, 그렇게 계속 수다를 떠는 게 제일 좋은 방법일 것이다.

[꼬마가 이 가업을 거들고 싶다는 말을 꺼냈을 때는 정말로 머

리가 아팠어. 무슨 말을 들려줘도 포기하려 하지 않았으니까.]

"내가 그렇게나 가능성 없어 보이는 제자였어?"

[아니, 그게 아니야. …가능성이 너무 넘쳤어. 도를 넘을 정도로 말이지.]

한층 마른 쓴웃음과 함께 나탈리아는 그렇게 고백했다.

"…무슨 의미지?"

[손끝을 마음과 분리한 채로 움직일 수 있다는 건 말이지, 대부분의 살인청부업자가 수년에 걸쳐서 몸에 익히는 각오야. 꼬마는 그걸 처음부터 갖추고 있었어. 말도 안 되는 자질이야.]

"……."

[하지만 말이야, 소질에 따라 생업을 고른다는 것이 반드시 행복한 일이라고만은 할 수 없어. 재능이란 건 말이지, 어느 선을 넘으면 그 녀석의 의사나 감정 따윈 상관없이 인생의 길을 결정해 버려. 인간은 그렇게 되면 끝장이라고. '뭘 하고 싶은가'를 생각하지 않고 '뭘 해야 하는가'만으로 움직이게 되면 말이야. …그런 건 단순한 기계, 단순한 현상이야. 사람의 삶과는 거리가 멀지.]

오랫동안 소년의 성장을 지켜봐 왔던 스승의 말은, 그의 마음에 차가운 서리처럼 깊이 스며들었다.

"난 말이지. 당신을 좀 더 차가운 사람이라고 생각했었어."

[이제 와서 무슨 소릴…. 그 말 그대로잖아. 내가 꼬마의 어리

광을 받아 준 적이 한 번이라도 있었던가?]

"그렇지. 언제나 엄격했고 적당히 하는 게 없었지. 당신, 정말 봐주는 것 없이 나를 훈련시켰으니까."

[…남자애를 단련시키는 건 보통은 아버지의 역할이니까.]

통신기 너머에서 나탈리아는 잠시 입을 다문 뒤에, 어쩐지 어이없다는 듯이 한숨을 섞으며 절절히 고백했다.

[꼬마의 경우에, 그 찬스를 빼앗겨 버린 원인이 나라고 할 수 있으니까. 뭐랄까…. 부담을 느끼지 않는 것도 아니었지.]

내가 가르칠 수 있는 삶은 그것 말고는 없었으니까 말이야. 그렇게 나탈리아는 자조하듯 웃으며 덧붙였다.

"…당신이 내 아버지라도 돼?"

[남녀 구별도 못 하냐? 멍청한 자식. 하다못해 어머니라고 고쳐 말하든가.]

"…그렇지. 미안해."

농담으로 받아치고 싶었지만, 키리츠구에게는 더 이상 그럴 여유가 없었다. 쉰 목소리로 그렇게 사죄하는 것이 고작이었다.

얼굴도 보이지 않는 무전기로 나누는 대화로는 당연히 서로의 표정 따윈 알 방법도 없다. 그래서 지금 키리츠구가 느끼는 심경도 나탈리아에게는 전해지지 않았을 것이다.

[…오랜 시간 동안 계속 혼자 피비린내 나는 나날을 보내고 있었어. 자신이 외톨이인 것조차 잊어버릴 정도로 말이야.

그러니까 뭐랄까…. 흠, 나름대로 유쾌하고 즐거웠어. 가족…
같은 사람과 같이 사는 건.]

"나도…."

지금 와서 그 말을 하는 것에 대체 무슨 의미가 있느냐고 냉담
하게 자문하는 목소리를 가슴속으로 들으면서, 그래도 키리츠구
는 말을 이었다.

"…나도 당신을 마치 어머니 같다고 생각하고 있었어. 외톨이
가 아닌 것이 기뻤어."

[…저기 말이다, 키리츠구. 다음에 만날 때에 낯간지러워질 만
한 말을 그렇게 계속하지 말라고.]

나탈리아의 목소리에는 비교적 진심에 가까운 곤혹의 빛이 엿
보였다. 그녀 역시 '부끄럽다'라는 감정에는 익숙하지 않은 것
이다.

[아아, 정말. 리듬이 흐트러져. 앞으로 20분 정도 있으면 착륙
인데. 마지막 고비에서 옛날 일이나 떠올리며 웃다 실수라도 했
다간 죽어 버린다고, 나는.]

"…미안해. 잘못했어."

의미 없는 사과였다.

나탈리아가 활주로에 착륙을 시도할 필요는 없다.

그녀가 다시 키리츠구와 만날 일도 없다.

그것을 알고 있는 것은 키리츠구뿐이다.

시식귀들이 증식하기 전에 다 죽이지 못한 시점에서, 나탈리아의 생환은 없는 것이라고 키리츠구는 단념했다. 망자들로 가득 찬 여객기는, 조종하는 이가 없는 채로 대서양에 추락시킬 수밖에 없다. '마봉사' 볼자크의 말살은 나탈리아 카민스키와 승객 전부의 목숨을 희생시켜서 완료한다. 그 결말을 키리츠구는 씁쓸한 성취감을 느끼며 감수할 생각이었다.

하지만 키리츠구도 스승인 나탈리아가 긴박한 상황에서 발휘하는 승부사 기질을 얕본 것은 아니었다. '무슨 일이 있더라도 살아남는다' 라는 불굴의 신조를 가진 그녀가, 만에 하나라도 기체를 추락의 운명에서 구할 가능성을 키리츠구는 간과하지 않았다. 예상할 수 있는 최악의 사태를.

자신의 생존을 최우선으로 하는 나탈리아는, 그것이 결과적으로 초래할 사태에도 주저하지 않을 것이다.

300마리에 이르는 시식귀들을 가득 실은 채로 여객기를 착륙시켜서 굶주린 망자의 무리를 공항에 풀어놓게 되더라도, 그러는 것 이외에 살아날 희망이 없다면 나탈리아는 분명히 단행한다. 그런 그녀임을 알고 있었기에 키리츠구는 '만에 하나' 의 경우에 대비하기 위해 필사적으로 준비를 갖췄다.

더욱 심각한 재앙의 확대를 피하려고 생각한다면, 저 에어버스 A300을 절대 착륙시켜서는 안 된다.

그것은 나탈리아의 안부와는 무관한, 흔들림 없는 사실이었던 것이다.

심야의 뉴욕을 분주히 오가며 모든 커넥션과 교섭을 시도해서, 간신히 암시장에 유출되어 있던 휴대형 대공 미사일을 확보한 것이 바로 한 시간 정도 전이다.

그리고 지금 키리츠구는 바다 위에 떠 있는 모터보트 위에서, 나탈리아가 탄 비행기가 시야에 나타나기를 기다리고 있다. 점보제트기의 항로 바로 아래, 존 F. 케네디 국제공항에 착륙하기 위해 고도를 낮추는 기체를 아슬아슬하게 미사일의 유효 사거리 안에 들일 수 있는 절호의 포인트였다.

무기의 구입에 힘쓰는 동안에도, 약탈한 배에서 사격위치를 향해 가는 동안에도 키리츠구는 자신이라는 인간의 정신구조를 계속 의심하고 있었다.

나탈리아의 죽음을 체념하는 것뿐이라면 이해할 수 있다. 오히려 그것이 참극의 회피로 이어진다며 자신을 위로했다고 해도, 그것은 아직 정상적인 반응이다.

하지만 사랑하는 여자가 살아남는다는 '기적'에 대비해서, 그녀를 다시 확실하게 죽일 준비를 막힘없이 착착 진행하고 있는 자신은 대체 어떤 인간일까?

하다못해 기우로 끝났더라면 그나마 위안도 있었을 것이다. 하지만 현실은 한없이 잔혹하게 에미야 키리츠구를 몰아붙였다. 어디까지나 그 자신의 손으로 나탈리아를 말살시키라는 듯이,

지금 기적의 생환을 이룬 에어버스 A300은 새벽하늘에서 은빛 날개를 반짝이며 키리츠구 앞에 모습을 드러냈다.

[…어쩌면 나도 이제 무뎌졌는지도 몰라.]

무선 너머의 키리츠구가 뉴욕의 호텔에 있다고 믿어 의심치 않고, 나탈리아는 완전히 방심한 듯 여전히 편안한 목소리로 그렇게 중얼거렸다.

[이런 실수를 하게 된 것도, 나도 모르는 사이에 가족 놀이로 긴장이 풀려졌던 탓일지도 모르지. 그렇다면 이제 슬슬 손을 뗄 때야. 은퇴해야 할까…]

"일을 그만두면 당신은 그 뒤에 어떡할 생각이지?"

키리츠구도 목소리만은 아직 평정을 유지할 수 있었다. 그러는 한편으로 그의 두 팔은 어깨에 짊어진 휴대형 대공 미사일의 조준을 여객기의 형체에 맞추고 있었다.

[실직하면…. 하하, 이번에야말로 정말로 엄마 놀이 정도밖에 할 게 없어지겠네.]

눈물에 젖은 눈이, 그래도 정확하게 거리표시를 읽는다. 1500 미터 이내. 명중은 확실하다.

"당신은… 내, 진짜 가족이야."

작게, 갈라진 목소리로 그렇게 속삭이면서 키리츠구는 미사일을 사출했다.

몇 초간의 수동유도. 그 손끝으로 살의殺意의 조준을 나탈리아가 탄 여객기에 맞추는 동안, 그녀와의 추억 전부가 뇌리를 스친다.

하지만 그 괴로움도 오래는 가지 않는다. 탄두의 시커가 제트기의 방열을 포착하자, 미사일은 키리츠구의 제어를 벗어나서 굶주린 상어처럼 가차 없이 표적을 향해 덮쳐든다.

날개 아래의 엔진에 직격을 맞아 날개가 뜯겨 나가며 비스듬히 기우는 기체의 모습을, 키리츠구는 그 눈으로 똑똑히 포착했다.

그 뒤의 붕괴는 바람에 휘날려 사라지는 모래그림 같았다. 공력을 잃은 쇳덩이는 잡아 뜯겨지듯이 뒤틀리며 끊어지고, 산산조각 나서 아침의 바다에 조용히 떨어져 간다. 아침 햇살 속에 반짝반짝 춤추며 떨어지는 그 모습은 마치 퍼레이드의 꽃가루를 연상시켰다.

수평선 저편에서 서광의 첫 한 줄기가 비쳤다. 끝내 나탈리아가 받지 못했던 오늘이란 날의 빛을 받으며, 에미야 키리츠구는 혼자 소리 죽여 울었다.

또다시, 얼굴도 모르는 수많은 사람을 구했다. 아무도 모르게.

봤어? 샤레이….

이번에도 또 죽였어. 아버지와 마찬가지로 죽였어. 너 때와 같은 실수는 하지 않았어. 나는 많은 사람을 구했어….

만일 키리츠구의 행위가, 그 의도가 사람들에게 알려진다면 그들은 감사할까? 결과적으로 시식귀의 공포에서 벗어날 수 있었던 공항 사람들은 키리츠구를 영웅이라고 칭송할까?

"웃기지 마…. 웃기지 마! 바보 자식!"

금세 여열이 식기 시작한 미사일 사출통을 움켜쥐고, 키리츠구는 밝아 오기 시작하는 하늘을 향해 외쳤다.

명예도 감사도 원하지 않았다. 그저 다시 한 번 나탈리아의 얼굴이 보고 싶었다. 언젠가 얼굴을 마주하고 '어머니'라고 부를 수 있는 날을 기다리고 있었다.

이런 결말을 바란 것이 아니다. 그래도 올바른 판단이었다. 어찌할 수 없이, 이론의 여지도 없이 키리츠구의 결단은 **옳았다**. 죽을 수밖에 없는 자가 말살되고, 죽을 이유가 없는 자들이 구원받았다. 이것이 '정의'가 아니고 무엇이겠는가.

이제는 돌아갈 수 없는 먼 옛날을 떠올린다. 눈부시게 비치는 햇살 속에서, '어떤 어른이 되고 싶어?'라고 물어 왔던 사랑스러운 사람의 시선을.

그때, 키리츠구는 대답했어야 했다. 만일 세상을 바꿀 수 있다면, 기적이 이 손에 깃든다면, '나는 정의의 사도가 되고 싶어'라고.

그 무렵에는 아직 이해하지 못했다. '정의'라는 이름의 천칭이 무엇을 빼앗고, 무엇을 이 손에 이루게 하는지를.

'정의'는 아버지를 빼앗아 갔다. 어머니나 마찬가지인 사람을 빼앗아 갔다. 그 피의 감촉을 손에 남기고, 그들을 그립게 회상할 권리조차 키리츠구로부터 빼앗아 갔다.

사랑하는 사람들. 그 목소리도 그 모습도, 이제 결코 마음 편히 회고할 수 없다. 대신에 그들은 영원한 악몽 속에서 키리츠구를 괴롭히게 될 것이다. 비정한 판단으로 그들을 버리고 그 목숨을 솎아내 간 키리츠구를, 결코 용서하지 않을 것이다.

그것이 '정의' 라는 것의 처사다. 동경하던 이상의 대가다.

이제 와서 멈출 수 있을 리도 없다. 멈춰 선 그 순간부터, 이제껏 추구했던 것은 사라진다. 지불한 대가도 쌓아 올린 희생도, 전부 무가치하게 무너져 내린다.

분명히 자신은 앞으로도 가슴에 깃든 이상을 따를 것이다. 그것을 미워하면서, 저주하면서 실수하지 않고 성취해 갈 것이다.

받아들이자고 마음속으로 맹세한다.

이 저주를 받아들이자. 이 분노를 받아들이자. 그리고 언젠가 완전히 눈물이 말라 버린 저편에서, 모든 것이 보답받을 날을 기도하자.

이 손에 짊어진 잔혹성이 인간의 극한에 있다면.

분명히 지상의 모든 눈물을 긁어모아서 씻어 내는 것도 이룰 수 있을 터.

그것은 에미야 키리츠구의 소년 시절이 끝난 날.

위태로운, 꺼림칙한, 그리고 흔들리지 않는 길을 정한 아침이었다.

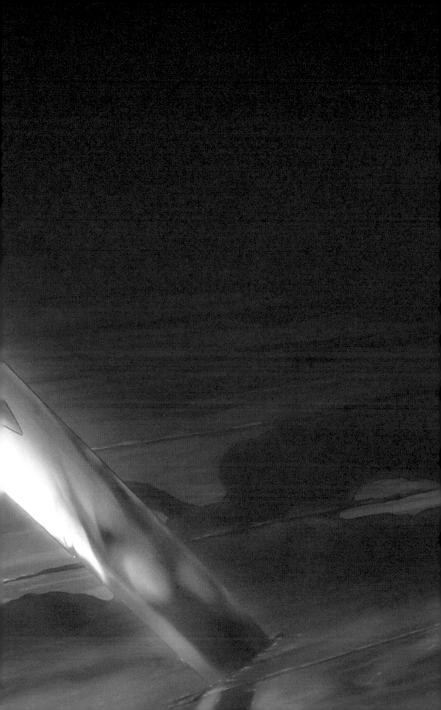

아직 미명인 시각에 코토미네 키레이는 토오사카 저택의 문 앞에 섰다.

아처의 소환 이후로 열흘 만의 방문이다. 그 이전의 3년간, 짧으나마 견습 마술사로서 지낸 학사(學舍)이기도 한 저택 건물은 이후유키에서 교회 이상으로 익숙한 장소이기도 했다.

"어서 오게, 키레이. 기다리고 있었네."

비상식적인 시간에 찾아온 손님임에도 불구하고, 토오사카 토키오미는 초인종에 답하여 곧바로 현관에 나타났다. 어젯밤 후유키 교회에서 회견을 마친 뒤로 한숨도 자지 않은 것이리라. 키레이는 사제의 예에 따라 깊이 고개를 숙였다.

"후유키를 떠나기 전에 한마디 인사를 드리러 왔습니다."

"그런가…. 갑작스런 이야기라 정말로 미안하게 됐네. 이런 식으로 자네와 이별하게 되는 것은 나로서도 유감이야."

말과는 반대로, 토키오미의 표정에 키레이를 버린 것에 대한 꺼림칙함 따위는 티끌만큼도 없다. 당연하다면 당연하다. 토키오미가 아는 한, 코토미네 키레이는 단순히 토오사카 가문이 성당교회로부터 빌린 장기말에 지나지 않는 것이다.

키레이에게 성배전쟁은 아무런 보상도 없는, 단순히 상층부로부터 임무로서 부과받은 싸움일 뿐이었다…. 그렇게 이해한다면 지금 키레이와 헤어지는 것은 배신도 배척도 아닌 단순한 책무로부터의 해방이다. 이별을 고하는 데에 즈음하여 그저 노고를 치하하는 것일 뿐이다.

"낮 비행기를 타고 이탈리아로 가서 우선 아버지의 유품을 본부에 전할 생각입니다. 한동안은 일본에 돌아올 일도 없을 듯합니다."

"그런가…. 들어가서 잠시 이야기를 하고 갈 시간은 있나?"

"네, 괜찮습니다."

키레이는 가슴속의 감정을 일절 들키지 않고, 다시 토오사카가의 문지방을 넘었다.

×　　　×

"아무리 생각해도 유감이야. 키레이, 부디 자네는 리세이 씨를 대신해서 우리 토오사카가 비원의 성취하는 모습을 보기를 바랐는데…."

토키오미 이외의 사람은 전부 떠났음에도 불구하고, 응접실은 먼지 하나 없는 청결함을 유지하고 있었다. 아마도 저급령低級靈

이나 뭔가를 사역하고 있는 것일 터인데, 전시상황임에도 이 여유로운 마음씀씀이라니. 과연 토키오미라고 해야 할까.

"아인츠베른에 대한 자네의 과한 행동은 유감이기는 하지만, 어디까지나 나에게 유리한 전개를 만들기 위한 것이었으리라고 이해하고 있네. 대행자 나름의 스타일이었는지도 모르지만, 역시 나에게는 사전이나 사후에 한마디 정도는 해 줬으면 했지. 그걸 미리 알았더라면 나도 어젯밤의 회합에 함부로 자네를 동반하지는 않았을 텐데."

관대한 허용의 태도에, 키레이는 자못 송구스럽다는 듯 시선을 내리깔았다.

"스승님께는 마지막까지 폐를 끼치게 되었습니다. 면목 없습니다."

제자의 사죄에 고개를 끄덕이고서, 토키오미는 진지한 얼굴과 열기를 담은 진지한 목소리로 키레이에게 말했다.

"확실히 우리가 만나게 된 계기는 성배전쟁이었지만, 경위야 어떻든 나는 자네라는 제자를 얻은 것을 지금도 자랑스럽게 생각하고 있네."

키레이는 무심결에 감정을 억누르는 것을 잊고 실소를 흘릴 뻔했지만, 그런 제자의 속마음은 티끌만큼도 모르는 토키오미는 거짓 없는 진심을 담아 말을 이었다.

"소양에 대해서는 어쩔 수 없다고 해도, 수련에 임하는 구도자

로서의 자세는 스승인 나조차 경탄하게 만들 정도였어. 이보게,
키레이. 부디 앞으로도 돌아가신 아버지처럼 자네도 토오사카와
의 인연을 유지해 주었으면 하는데, 자네 생각은 어떤가?"

"바랄 나위 없는 말씀입니다."

키레이는 흐릿하게 미소까지 보이며 끄덕였다. 지난 3년 동안
제자의 인격과 정신성을 오인해 온 토키오미는, 이번에도 역시
그 미소의 의미를 착각한 채로 자못 기쁜 듯이 고개를 끄덕였다.

"자네는 그야말로 타인의 귀감이 될 만한 인격의 소유자야. 꼭
우리 딸에게도 본받게 하고 싶군. 이번 성배전쟁이 끝난 뒤에도
키레이, 자네는 사형으로서 린의 지도를 맡아 주었으면 해."

그리고 토키오미는 처음부터 테이블 한쪽 구석에 준비해 두었
던 편지봉투를 키레이에게 내밀었다.

"…스승님, 이건?"

"뭐, 간략한 것이긴 하지만, 유언장 같은 물건이라네."

그렇게 고한 뒤에 토키오미는 마치 자신에게 어울리지 않는
말을 해 버렸다는 듯이 쑥스러운 쓴웃음을 지었다.

"만에 하나의 경우도 고려해 둬야 한다고 생각해서 말이야. 린
에게 토오사카의 당주 자리를 넘기겠다는 요지의 서명과, 그런
뒤에 그 아이가 성인이 될 때까지의 후견인으로서 자네를 지명
해 둔 글이네. 이것을 '시계탑'에 전해 주면 뒷일은 전부 협회
쪽에서 도맡아 처리해 줄 걸세."

정말로 입에 발린 말만이 아니라 진심이라는 것을 뼈저리게 느끼고, 키레이는 얄궂은 기분에 사로잡히는 한편으로 그가 지닌 성실한 천성에서 그 책임을 무겁게 받아들였다. 어디까지나 키레이는 성직에 종사하는 몸이다. 맡겨진 임무를 다하는 것에는 성실하고 엄격해야만 한다.

"맡겨 주십시오. 불초하지만 따님에 대해서는 책임을 갖고 지켜보도록 하겠습니다."

"고맙네, 키레이."

짧은 말에 진중한 감사를 담아 말하고, 다시 한 번 토키오미는 편지봉투 옆에 놓여 있던 흑단으로 된 길쭉한 상자를 집어 들어 키레이에게 건넸다.

"열어 보게. 이건 내가 자네라는 개인에게 주고 싶은 물건이야."

재촉을 받아 상자를 열어 보니, 벨벳으로 장식된 내부에 한 자루의 화려한 단검이 들어 있었다.

"이건…."

"아조트azoth 검이야. 우리 집안에 전해 내려오는 보석 세공품으로, 마력을 충전해 두면 예장으로도 쓸 수 있지. 자네가 토오사카의 마도를 배우고 견습과정을 끝마쳤음을 증명하는 물건일세."

"……."

키레이는 단검을 손에 들고 살펴보았다. 그 예리하게 연마된 칼끝을, 가만히 시간을 들여 바라보았다.

모든 감정을 지운 그 얼굴도, 어쩌면 토키오미의 눈에는 감격에 겨워하고 있는 것으로 비쳤는지도 모른다.

"스승님…. 모자라는 저에게 거듭거듭 온정을 베풀어 주시니, 감사함에 드릴 말씀이 없습니다."

"무슨 말인가, 내가 자네에게 감사하지. 코토미네 키레이. 이것으로 나는 앞으로의 일에 대한 걱정 없이 마지막 싸움에 임할 수 있게 되었어."

순진무구할 정도로 맑게 웃는 얼굴로 그렇게 말하고, 토키오미는 소파에서 일어섰다.

지금, 키레이는 운명이라는 것에 대해 생각하지 않을 수 없었다.

그것은 우연의 퇴적에서 의미를 찾아내는 헛된 시도라고 한다. 그렇다면 지금 이때, 이 타이밍에 토오사카 토키오미가 코토미네 키레이에게 날붙이를 건넨다는 기가 막힌 사태에조차, 아무런 필연도 없다는 말인가.

"오래 붙잡고 있어서 미안했네. 비행기 시간에 늦지 않으면 좋으련만…."

그리고 지금, 응접실 출구를 향하는 토키오미가 너무나도 무방비하게 키레이의 눈앞에 그 등을 노출시킨 것도 단순한 우연의 소행이란 말인가?

"아뇨. 걱정하실 필요는 없습니다, 스승님."

혹여나 그것이 필연이라면, 운명이란 단지 우둔과 과오와 몽매에 의해서만 엮여 나가는 것일까. 인간의 기도를, 희망을 배신하고 모든 것을 반대로 이끌어 가기 위해서?

키레이는 웃었다. 전에 없이 명랑하게.

"원래부터 비행기 예약 따윈 하지 않았으니까요."

자신도 이런 식으로 웃을 수 있다는 사실에 놀랐다. 눈앞의 등을 향해 찔러 넣은 단검에서 전해지는 감각조차도, 그 의외성 앞에서는 흐려질 뿐이었다.

"…어?"

우애와 신임의 증거인 아조트 검의 칼끝은, 늑골 틈새로 매끄럽게 침입하여 심장 한복판을 찔러 파괴하고 있었다. 수많은 수련을 거듭한 대행자이기에 할 수 있는 정확한 찌르기였다. 살의도 아무런 전조도 없이, 찔린 토키오미 자신조차도 가슴의 격통이 무엇을 의미하는지 금방 이해하지 못했을 것이다.

그래도 심장의 마지막 고동이 내보낸 혈류가 뇌를 한 바퀴 돌 때까지, 토키오미에게는 사고의 유예가 있었다. 토키오미는 비틀거리는 발걸음으로 뒤를 돌아보았다. 그리고 환한 미소를 지은 채로 손을 피에 물들이고 있는 키레이를 바라보았지만, 끝내 마지막 순간까지 상황을 이해하지 못했는지 그저 어안이 벙벙하다는 듯 멍한 얼굴로 카펫 위에 쓰러졌다.

분명히 이 마술사는 마지막까지 자신의 인식을 고집하며 사실을 사실로서 이해하지도 못한 채 숨을 거둔 것이리라. 이 남자다운 최후다. 자신이 살아가는 길을 확신하고, 항상 망설임 없이 발을 내딛는다. 발치에 입을 벌리고 있는 함정에 끝내 눈길을 주려고도 하지 않았다.

식어 가는 유해 곁에서 서서히 반짝이는 기운이 솟아오르더니 아름다운 황금의 서번트가 실체화한다.

"흥, 끝에는 흥이 깨지는군."

붉은 두 눈동자에 노골적으로 모욕을 드러내며 아처는 예전 마스터의 죽은 얼굴을 발끝으로 툭 건드렸다.

"한바탕 치고받는 게 아닐까 하고 기대했는데 말이야. 봐라, 이 얼빠진 얼굴을. 마지막까지 자신의 어리석음을 깨닫지 못한 낯짝이다."

"바로 곁에 영체화한 서번트를 대기시켜 놓고 있었어. 방심한 것도 무리는 아닐 테지."

키레이의 빈정거림에 아처는 통쾌하다는 듯한 웃음으로 응했다.

"빨리도 해학을 익혔군. 키레이, 그 진보는 칭찬해 주마."

그런 아처를 바라보며 키레이는 진지한 얼굴로 다시 엄숙하게 물었다.

"정말로 이의는 없는 건가? 영웅왕 길가메시."

"네가 나를 질리게 만들지 않는 한은. 그렇지 않으면 키레이, 너도 여기서 뒹굴고 있는 시체처럼 버려질 뿐이다. 각오를 물어야 할 건 오히려 내 쪽이다."

아처의 그런 오만한 대답에도 키레이는 동요하지 않고 끄덕였다.

목숨을 맡길 상대로서 이 정도로 위험한 존재가 있을까. 이것은 말 그대로 악마와의 계약이 될 것이다. 은혜와 충절과는 일절 인연이 없는, 이해득실조차 측정하기 어려운 변덕스럽고 횡포한 절대자 같은 서번트.

하지만 그렇기에 어울린다.

지금까지 키레이에게 아무런 답도 가져다 주지 않았던 인의나 도덕들과는 전혀 인연이 없는 이 영령이야말로, 이제부터 벌어질 싸움에서 키레이를 인도해 갈 도표가 될 것이 틀림없다.

겉옷 소매를 걷어 올리고 팔에 새겨진 영주를 보이며 키레이는 엄숙하게 외쳤다.

"너의 몸은 내 아래에, 내 명운은 너의 검에. 성배의 의지에 따르고, 이 뜻, 이 이치에 따른다면…"

"맹세하겠다. 너의 공물을 내 피와 살로 삼겠다. 코토미네 키레이, 새로운 마스터여."

마력공급의 패스는 막힘없이 이어지고, 다시 효력을 얻은 원팔의 영주에 둔통과 함께 빛이 깃든다.

계약은 완료되고, 지금 여기에 성배를 둘러싼 최강이자 최악의 한 조가 누구에게도 알려지지 않은 채 탄생했다.

"자, 키레이. 시작할까…. 너의 지휘로 멋지게 이 희극의 막을 열도록 해라. 상으로 성배를 내려 주마."

"이견은 없다. 영웅왕, 너도 마음껏 즐기도록 해라. 바라는 답을 얻는 그 순간까지, 이 몸은 광대에 만족하겠다."

유열에 빛나는 핏빛 눈동자와 감개에 잠긴 검은 눈동자는, 서로의 이해를 확인했다.

아침의 상쾌한 공기 속에서 에미야 키리츠구는 미야마초에 있는 폐가 앞에 섰다.

지은 지 약 90년이 넘은 노후건물이면서 철거도 개축도 되지 않았고, 정원에는 전시대적인 창고가 남아 있다는 조건이 눈에 띄어서 아이리스필을 위한 예비거점으로 사들인 집이다. 아무래도 복잡한 유래가 얽혀 있는지 계약할 때에 그 지역 폭력단과 한바탕 말썽이 있긴 했지만, 그 정도로 이른 시기에 시외에 있는 아인츠베른의 숲이 공략되었다는 점을 생각하면 결과적으로 결코 쓸데없는 소비는 되지 않았다.

세이버는 이곳에 없다. 영주를 통해 느낄 수 있을 서번트의 존재감이, 지금은 가까이에서 느껴지지 않는다. 아마도 어젯밤에 토오사카와의 회견으로 알아낸 라이더 진영의 거처로 이미 출발한 뒤일 것이다. 키리츠구도 나중에 뒤따를 생각이다.

웨이버라는 견습 마술사에 대해서는, 거처를 파악했으니 암살은 용이하다. 그러나 어디까지나 그것은 세이버가 적 서번트를 끌어낸 뒤의 이야기다. 어젯밤에도 키리츠구는 단신으로 후유키 교회에서 귀가하는 토오사카 토키오미를 미행하면서도 끝내 습격할 수 없었다. 아처가 어디에서 감시하고 있을지 모르는 상황에서 그 마스터에 손을 대려는 시도는 단순한 자살행위일 뿐이기 때문이다.

확실한 표적을 찾아냈으면서도 키리츠구는 그곳으로 직행하지 않고 일부러 이 폐가에 들렀다.

단순한 직감뿐만 아니라 수많은 요소들에서 도출된 하나의 예견…. 아마도 아내와 이야기를 나누는 것은 이것이 마지막 기회가 될 것이다.

사적인 감정에 휘둘린 것이 아니다. 오히려 반대다. 세 명의 서번트가 탈락한 지금, 성배의 '껍데기' 인 아이리스필이 어떠한 상태일지를 키리츠구는 정확히 이해하고 있다. 자신의 약한 마음을 생각한다면 여기에 와서는 안 된다.

지금 여기서 아내와 대면하는 것은 키리츠구에게는 시련이자 벌이다.

예전에 사랑했던 여자가 자신이 구하는 성배의 산 제물이 되어 쇠약해져 죽어 가는 모습을 직시하고, 그래도 여전히 흔들림 없이 있을 수 있다면.

그때의 에미야 키리츠구에게는 더 이상 아무런 걱정도 없다. 이후로는 일절의 갈등도 망설임도 없이, 그는 기계처럼 정밀하고 적확하게 성배를 그 손에 넣을 수 있을 것이다.

말하자면 이것은 전투병기로서의 자신에게 마지막으로 부과하는 강도 테스트다.

견뎌 내지 못하고 부서지게 된다면, 그때는 에미야 키리츠구라는 남자도 그가 품었던 이상도 어차피 그 정도였다는 이야기일 뿐이다.

황폐한 정원을 가로질러 창고 앞에 멈춰 선다. 그리고 미리 정해 둔 암호에 맞춰 노크한다. 곧바로 마이야가 두꺼운 철문을 안쪽에서 밀어 열고 그 틈새로 얼굴을 보였다.

한마디 말도 나누지 않았지만, 키리츠구는 마이야의 변화를 눈치챈다.

언제 어느 때에도 임무에 관련된 최소한의 요소들밖에 신경쓰지 않는 냉담하고 공허한 시선이, 오늘에 한해서는 어딘지 모르게 딱딱하고 절박한 것을 품고 있다. 마치 이 자리에 키리츠구가 나타난 것에 동요하는 것처럼.

"…마담과 만나실 겁니까?"

키리츠구가 말없이 끄덕이자, 마이야는 조금이지만 비난하듯이 시선을 내렸다.

"그 사람의 상태는 지금…."

"알아. 다 알고 있어."

이 창고 안에서 무엇을 보게 될지 알면서도 키리츠구가 찾아왔음을 이해한 마이야는, 그 이상 아무 말도 하지 않고 키리츠구에게 길을 터 주며 그와 지나치듯이 창고 밖으로 나갔다.

두 사람이 대면하는 동안 자리를 피해 주려는 배려이겠지만,

이것 또한 마이야답지 않은 마음씀씀이다. 짧은 기간이라고 해도 행동을 함께하는 동안에 그녀는 아이리스필에게 어떠한 감정이입을 하게 되었는지도 모른다. 9년 전의 키리츠구가 바로 그랬던 것처럼.

어두운 창고 한구석에서 조용히 마력을 맥동시키는, 마법진 안에 드러누운 잠자는 공주. 그 모습이 키리츠구에게 기시감을 불러일으킨다.

처음에 만났을 때도 그랬다. 아하트 옹의 안내를 받아 아인츠베른의 공방 최심부, 양수조羊水槽 안에서 잠자는 그녀와 만났다.

성배의 외장外裝. 단 9년으로 용도가 끝나는 **장치**에, 어째서 이렇게나 아름다운 형태를 부여했는지 이상하게 생각했던 것을 기억한다.

이 녀석이 성배냐며 옆에 있는 노마술사에게 물었을 때, 자고 있었을 그녀가 눈을 떴다. 일렁거리는 양수 너머로 보았던 그 눈동자, 깊디깊은 붉은빛의 심오함에 매료된 그 순간은 지금도 여전히 키리츠구 안에 생생하게 새겨져 있다.

바로, 그때와 완전히 동일하게.

들여다보는 키리츠구의 눈앞에서 아이리스필은 눈을 뜨고, 그리고 부드럽게 미소 지었다.

"아……. 키리츠구, 다……."

마치 안개를 잡으려는 듯한 위태로운 손놀림으로, 그녀는 키리츠구의 **뺨**을 살짝 손끝으로 건드렸다.

단지 그것뿐인 동작조차 지금의 그녀에게는 온 힘을 다한 행동이라고, 몹시 차가운 손가락의 미약한 경련이 사실대로 고하고 있다.

"……꿈이 아니구나. 정말로… 또, 만나러 와 줬구나……."

"응. 그래."

생각 외로 간단하게 목소리를 낼 수 있었다. 나탈리아를 쐈을 때도 그랬다. 몸을 움직이는 것에도 말하는 것에도, 결코 지장은 없다. 아무리 마음이 삐걱거려도 산산이 부서져도, 이 두 손은 완벽하게 주어진 사명을 달성한다.

이길 수 있다고, 그때 확신했다.

지금 에미야 키리츠구는 완벽한 상태다. 그 기능에는 전폭적인 신뢰가 가능하다.

애초부터 자신에게 사람으로서의 강인함 따위는 구할 것도 없었던 것이다. 아무리 망설이고 괴로워하더라도, 그런 장애는 하드웨어에 아무런 영향도 끼치지 않는다. 목적의식을 수행하는 그의 시스템은 다른 드라이브에서 정체 없이 수행된다.

다시 한 번 **뼈**저리게 느낀다. 자신은 인간으로서 치명적으로 부서져 있기에 장치로서 완벽하다고.

"난 말이지… 행복해……."

기계에 불과한 남자의 **뺨**을 살며시, 아끼듯이 쓰다듬으면서 아이리스필은 속삭인다.

"사랑을 하고… 사랑받고… 남편과 딸하고, 9년이나… 당신은, 모든 것을 줬어……. 나는 감히 바랄 수도 없었던, 이 세상의 행복 전부를……."

"…미안해. 여러 가지 약속들을 지킬 수 없었어."

들려주었다. 언제나 겨울인 성에서. 바깥세상에는 무엇이 있는가를. 만발한 꽃에 대해서 이야기했다. 반짝이는 바다에 대해서 이야기했다.

언젠가 성 밖으로 데리고 나가서 그 전부를 보여 주겠다고 맹세했다.

지금 와서 생각하면 이 얼마나 무책임한 약정이었는가.

"아니, 괜찮아. 이제는."

부실한 맹세를 나무라지도 않고 아이리스필은 미소 지었다.

"내가 놓친 행복이 있다면… 나머지는 전부 이리야에게 해 줘. 당신의 딸에게… 우리들의, 소중한 이리야에게."

그제서야 키리츠구는 이해했다. 마지막을 눈앞에 두고서도 여전히 씩씩하게 웃고 있는 아이리스필의 강인함. 그 원천이 어디에 있는가를.

"언젠가 이리야를, 이 나라에 데리고 와 줘."

자식에게 소망을 걸 때, 어머니에게 두려울 것은 아무것도 없다.

그렇기에 그녀는 웃을 수 있다. 두려워하지 않고 엄숙하게, 자신의 말로를 걸어간다.

"그 아이에게 내가 볼 수 없었던 것을 전부… 보여 줘. 벚꽃 잎을, 여름의 구름을…."

"알았어."

키리츠구는 끄덕였다.

그것은 성배를 구하는 기계에게 있어 불요한 거동. 전혀 의미 없는 계약.

그렇기에 사람으로서 끄덕였다.

이 손에 성배를 움켜쥐고 세상의 구제를 이루고 난 그 끝에… 용도가 끝난 기계는 다시 사람으로 돌아올 것이다.

그때야 간신히, 그는 아내를 그리워하며 울 수 있다. 이번에야 말로, 정말로 아버지로서 아낌없이 딸을 사랑해 줄 수 있다.

그것은 멀지 않은 미래의 이야기. 단 며칠 뒤에 찾아올 결말의 저편일 뿐이다.

다만 지금은 아니다. 그것뿐이다.

"이걸… 돌려줘야겠지…."

아이리스필은 떨리는 손을 자신의 가슴에 대고, 그 손끝에 온 힘을 담아 혼신의 마력을 짜냈다.

갑자기 아무것도 없는 그녀의 손안에서 황금색 빛이 흘러넘치며 어두컴컴한 창고 안을 따스하게 비춘다.

"……."

키리츠구가 숨을 삼키고 지켜보는 가운데 광채는 서서히 윤곽을 드러내고, 이윽고 번쩍이는 금속의 질감을 구현하며 그녀의 손안에 나타났다.

황금의… 칼집.

"아이리…."

"이건… 앞으로, 당신에게 필요한 물건이야. 당신이 마지막 싸움에 임할 때, 분명히 도움이 될 거야…."

아이리스필의 목소리는 이전보다 더욱 힘을 잃고 있었다.

무리도 아니다. 부서져 가는 그녀의 몸을 붕괴 직전에서 막고 있던 최후의 방비이자 기적의 보구. 개념무장으로 그녀의 체내에 봉인되어 있던 '모든 것에서 먼 이상향—아발론'을, 지금 그녀는 자기 손으로 분리해 버린 것이다.

"나는… 괜찮아. 마이야 씨가 지켜 줄 거야…. 그러니까…."

"…알았어."

냉철하게 판단한다면.

원래 세이버의 소유물인 '모든 것에서 먼 이상향—아발론'은 서번트로부터의 마력공급이 있어야 비로소 효력을 발휘하는 보구다. 앞으로 세이버와 함께 전선에 서게 될 가능성이 없는 아이리스필이 장비하고 있다 해도 전략적인 가치는 없다.

설령 그녀의 붕괴를 다소나마 늦출 수는 있다고 해도, 거기에는 정신적 위안 정도의 의미밖에 없다.

이런 상황에서도 실수나 동요 없이, 키리츠구는 그렇게 냉철한 판단을 내릴 수 있었다.

키리츠구는 내밀어진 황금의 칼집을 받아 들고, 쇠약해진 아내의 몸을 차가운 바닥에 살며시 눕히고 일어섰다.

"그러면, 다녀올게."

"응⋯. 조심해, 여보."

작별의 말은 짧고 간소하게.

그리고 에미야 키리츠구는 메마른 눈을 한 채로 아내의 침소를 뒤로했다.

밖에서 초조하게 기다리고 있던 마이야는, 창고에서 나온 키리츠구를 보고 조용히 숨을 삼켰다.

그 손에 들고 있는 빛나는 보구의 정체를 깨닫고, 지금 그것이 키리츠구의 손에 맡겨진 의미를 알아차린 탓이기도 하다. 하지만 진정 마이야를 위축되게 만든 것은 오히려 키리츠구의 표정 변화였다.

"오늘 중에 라이더의 마스터를 처치하고 오겠다. 세이버는 먼저 갔겠지?"

"⋯네. 오늘 아침, 당신이 오기 조금 전에."

"좋아. ⋯마이야, 너는 계속해서 아이리를 보호해 주길 바란다."

"알겠습니다…. 저기, 키리츠구?"

막힘없는 발걸음으로 문밖을 향하는 스승을, 마이야는 당황스러운 듯한 목소리로 불러 세웠다.

"왜 그러지?"

어깨 너머로 돌아본 키리츠구의 두 눈동자를 잠시 바라본 그녀는, 얕은 한숨과 함께 시선을 떨궜다.

"간신히 돌아왔군요. 옛날의 당신 얼굴로."

"…그런가."

낮은 목소리로 대답한 키리츠구는 고개를 끄덕이지도 않고 등을 돌려, 그대로 문 밖으로 나갔다.

거짓말처럼 조용한 하루를 지나 보낸 뒤, 웨이버는 이 상황의 의미를 확신했다.

아침 일찍 잠자리에서 일어난 그는 노부부에게 귀가가 늦어질 거라는 뜻을 전하고, 그대로 아침식사도 하지 않은 채 신도심으로 향했다.

아직 러시아워가 시작되지 않은 시간이었지만, 후유키에서 이웃 도시로 출퇴근하는 직장인도 많은 것이리라. 역으로 향하는 버스는 이미 만원이었다.

낯선 사람의 파도에 시달리고 있었지만, 지금의 웨이버는 그런 시끄러움조차 공허하게 느껴질 정도로 평온한 마음이었다.

최근 며칠간 늘 곁에 있던 압도적인 존재감. 그 소란함과 답답함과 울적함에 비하면, 마치 축제가 끝난 뒤의 공터에 남겨져 있는 듯한 기분이었다.

물론 라이더의 기척이 끊어진 것은 아니다. 이렇게 있는 지금 현재도 영체화한 서번트의 위압적인 분위기는 바로 곁에서 전해져 온다.

그런데 그 거한이 실체화를 하지 않는 것이었다. 그저께 밤에 캐스터와 싸운 이래, 계속 영체 상태인 채로 모습을 보이지 않는다.

이것이 다른 서번트였다면 전혀 이상할 것 없는 당연한 상황이었을 것이다. 전투 상황이라도 아닌 한, 일부러 실체화해서 쓸데없이 마력을 낭비할 이유 따윈 없으니까. 그러나 이스칸다르에 한해서는 그렇지 않다. 애초에 그는 실체로 존재하기를 원하기에 성배를 구하고 있는 남자다.

이것이 몇 시간 정도라면 그냥 변덕인가 하고 생각할 수도 있다. 그렇지만 만 하루가 되면 명백히 이상하다. 그 라이더가 어울리지도 않게 일부러 실체화를 자제하고 있는 이유…. 짚이는 구석이 없는 건 아니다.

영체로 있더라도 마스터라면 서번트와의 대화는 가능하고, 웨이버가 부르면 라이더는 바로 응할 것이다. 하지만 지금의 웨이버는 그러기가 꺼려졌다. 어떤 대답이 돌아올지 왠지 모르게 짐작이 되는 이상, 그 대답에 대처할 수 있는 상황도 완벽하게 마련해 두지 않고서는 문답을 시작하고 싶지 않았던 것이다.

그것을 위한 이른 아침의 쇼핑이었다.

우선은 막 영업을 시작한 백화점에 가서 아웃도어용품 매장에서 두툼한 겨울용 침낭과 단열시트 세트를 구입했다. 나름대로 돈은 나갔지만, 라이더가 사 왔던 게임기에 비하면 귀여운 수준이다.

오히려 화가 난 것은 약국에서 파는 영양 드링크와 일회용 손난로의 가격이었다. 어이없을 정도로 싸다. 가지고 있는 약품으로 그것과 비슷한 효과를 내는 아이템을 마술적으로 만들어 내려면 분명히 수십 배의 비용이 들 것이다. 어쩐지 마술사로서의 자존심에 큰 상처를 입은 기분이 들어서, 자기도 모르게 필요 이상으로 사고 말았다.

새삼스레 현대라는 시대에서 살아가는 것의 허망함을 웨이버는 통감했다. 다른 시대에 태어났더라면 그저 마술을 배우는 것만으로도 존경받거나, 혹은 두려움을 샀을 것이다. 어째서 나는 그런 세계가 아니라 일회용 손난로 10팩이 고작 400엔에 지나지 않는 야박한 장소에 태어나 버린 거지?

어쨌든 필요한 물건들을 전부 사고 나자, 그 뒤로는 한눈팔지 않고 버스를 타고 곧바로 미야마초로 돌아온다. 맥켄지 가에 가장 가까운 정류장을 두 정거장 정도 지나서 보다 목적지에 가까운 정류장에 내렸다. 눈에 띈 편의점에서 장어덮밥 도시락을 구입해 전자레인지로 가열하고, 식어 버린 뒤에 먹는 것은 싫으므로 그 뒤로는 되도록 빠른 걸음으로 길을 서둘렀다.

사실은 한시라도 빨리 라이더에게 사정을 묻고 싶어서 근질근질했다. 아무런 설명도 없이 얼굴을 보이지 않는 서번트가 짜증나서 견딜 수 없었다. 만약 웨이버가 지금 이상으로 어리석었다면 반나절 정도 일찍 그 점을 힐문했을 것이다. 그리고 아마, 뼈저리게 느끼게 되었을 것이다. 마술사로서의 자신의 미숙함과 무력함, 그리고 굳이 그것을 묻지 않겠다며 침묵을 지키고 있던 라이더의 배려에 대해서.

그런 비참함을 느끼는 것만은 절대 사양이었다. 애초에 자신의 서번트로부터 쓸데없는 배려를 받고 있다는 것만으로도 충분히 굴욕적이다.

확실히 자신은 빈약하고 무능하다. 하지만 그것을 스스로 인정하는 것만은 싫었다. 자신의 역량을 아주 잘 알면서도 최선의 결과를 낼 계획을 갖추고 있다고, 그렇게 가슴을 펴고 호언할 수 있을 만한 준비를 해야 한다. 그래야만 라이더에게도 약한 모습을 보이지 않을 수 있다. 그렇게 생각했기에 웨이버는 라이더의 침묵에 대해, 자신도 역시 고집을 부리며 계속 침묵을 지켰다.

이윽고 웨이버는 주택가를 지나서 녹지공원이라는 명목하에 개발되지 않고 남겨진 잡목림에 도착했다.

산책로조차 없는 나뭇가지 사이를 헤치며 망설임 없이 안으로 들어간다. 밤에 볼 때와 낮에 볼 때의 인상이 전혀 다르긴 하지만 웨이버에게 이곳은 나름대로 낯익은 장소다.

간신히 목적지에 도착하자, 요소요소에 문제가 없는가를 확인하고 웨이버는 안도의 한숨을 내쉬었다. 재빨리 낙엽을 쌓은 지면에 단열시트를 깔고, 편의점에서 사 온 도시락을 먹기 시작한다. 전자레인지로 가열했던 도시락은 이미 싸늘하게 식어서 맛도 뭣도 없었지만, 그래도 이제 와서는 어떻게 되든 상관없는 문제다. 어쨌든 지금은 칼로리 섭취가 대전제다.

「…맛있냐? 그거.」

꼬박 하루 낮과 하룻밤 만에 듣는 라이더의 목소리. 하필이면 영체인 주제에 음식에 끌려서 입을 연 것인가 하고 웨이버는 정말 기가 막혔다.

"아니. 맛없어. 일본의 음식문화도 깊이를 알 만해."

언짢은 듯 대답하는 웨이버에게, 영체 상태의 라이더가 자못 안타깝다는 듯이 한숨을 쉰다.

「꼬마, 네놈은 조금 전에 신도심에서 '오코노미야키 쇼키'를 그냥 지나쳤지? 그곳의 모던야키는 정말 끝내주는데 말이야, 아깝게….」

"또 먹고 싶으면 얼른 실체화할 수 있을 정도로까지 회복하라고."

「…….」

침묵은 묘하게 어색했다. 하지만 지금의 웨이버에게는 그럭저럭 여유가 있다. 무뚝뚝한 얼굴로 장어덮밥을 께죽께죽 입안에 밀어 넣으면서, 견습 마술사 소년은 말을 이었다.

"여기가 어디인지는 알지? 너를 소환했던 장소야. 영격靈格은 극상까지는 아니어도 나름대로 괜찮고, 그날 밤의 마법진도 아직 풀어지지 않았어. 후유키에서 너하고 가장 상성이 좋은 지맥은 여기잖아? 회복효율도 비교도 안 되게 좋을 거라고."

애초에 웨이버는 그저께 밤 단계에서 깨달았어야 했다. '왕의 군세―아이오니언 헤타이로이' 정도나 되는 대보구大寶具를 이틀 연속으로 행사했는데 아무런 대가가 없을 리 없다.

아무리 다른 영령들로부터 마력을 긁어모은 대마술이라고 해도, 그만한 고유결계를 전개하고 유지하는 부담은 보통이 아니다. 게다가 캐스터와의 싸움에서는 라이더 자신도 결계 안에서 벌인 전투로 만신창이였다.

그리고 그 소모는 라이더가 그렇게나 고집하던 실체의 유지를 포기하고 회복에 전념하게 만들 정도로 심각했던 것이리라.

"나는 오늘 하루 종일 여기에 있을 거야. 아무것도 안 하고 누워 있을 거니까, 죽지 않을 정도 선에서 얼마든지 마력을 가져가도 돼. 그러면 너도 조금은 나아지겠지?"

라이더의 영체는 잠시 머뭇거리는 기척을 보이더니, 이윽고 맥 빠진 듯한 쓴웃음을 흘렸다.

「…하하하. 눈치챘으면 눈치챘을 때에 그렇다고 말하라고. 간파당하고 있었다는 걸 나중이 되어서 아는 것은 뭐랄까… 응, 조금 부끄럽구먼.」

"멍청아! 너야말로 얼른 말하라고. 여차할 때에 네가 만족스럽게 움직이지 못하면 위험한 건 내 쪽이니까 말이야!"

새삼 웨이버는 화가 났다. '부끄럽다'라며 뻔뻔스럽게 말하는 라이더에게 너무나도 울화가 치밀었다. 여기서 칠칠치 못함을 부끄러워해야 할 사람은 웨이버 쪽이다.

라이더가 실체화를 자제하게 될 정도로 마력을 소진하게 된 이유는 물을 것도 없이 역연하다. 그가 회복하는 데에 필요한 마력의 소비량을 마스터인 웨이버가 전혀 공급하지 못하고 있는 것이다.

물론 굴욕적이긴 하다. 자신은 라이더 정도의 강대한 서번트를 부리기에는 어울리지 않는 빈약한 2류 마스터임이 이것으로 증명된 것이나 마찬가지였다. 분하고 부끄럽다. 그러나 웨이버는 그 이상으로 화가 났고, 그것은 웨이버가 아니고서는 느낄 수 없는 심정이다.

자신의 서번트의 상태를 정확하게 파악하지 못했던 자신에게도 잘못은 있지만, 그래도 훨씬 더 잘못한 쪽은 스스로 보고하지 않았던 라이더다. 마력이 부족하면 부족하다고, 평소처럼 웨이버의 머리라도 때리면서 건방지게 요구했더라면, 웨이버도 나름대로의 각오를 해서 어쩌면 뭔가 준비할 수 있었을지도 모르는데.

도시락을 다 먹은 뒤에 느끼한 트림이 흘러나오는 것에 질색하면서도, 웨이버는 계속해서 영양 드링크를 한 병씩 비워 나가며 옆에 있는 영체에게 물었다.

"…왜 말하지 않았지? 이제까지."

「아니, 조금 더 버틸 수 있지 않을까 했거든. 그런데 강에서 벌였던 전투의 소모가 생각 외로 심하더라고.」

무리도 아니다. 라이더는 캐스터가 소환한 해마의 상륙을 저지하기 위해서 '왕의 군세—아이오니언 헤타이로이'의 고유결계를 한계 이상까지 유지했던 것이다. 아무리 그래도 그것은 정말 말도 안 되는 짓이었다. 그 시점에서 웨이버는 세이버 일행과의 동맹보다도 자기 서번트를 배려했어야 했다.

"결국 너의 비장의 무기는, 사실은 마력을 엄청나게 잡아먹는다는 거잖아."

「아니, 규모에 비해서 연비가 좋다고. 헤타이로이 녀석들은 말이지, 실제로 소환이라기보다는 그냥 자기들이 멋대로 밀고 들어오는 것이나 마찬가지고, 그 뒤에는 다 함께 결계를 유지하는 거니까. 짐은 녀석들의 고생에 의지하기만 하면 돼.」

"거짓말하지 마. 그 정도로 엄청난 규모의 대마술이라면 발동하는 것만으로도 큰일이라고. 그 점으로 보면, 처음에 호령을 하는 것은 너 한 사람이니까. '자리'에 있는 녀석들을 부르는 것만으로도 넌 엄청나게 마력을 소모할 거 아니야."

「…….」

"처음에는 나도 모르고 지나쳤어. 네 말대로 아주 효율이 좋은 보구인가 하고 생각했지. 처음에 어새신 녀석들을 쓰러뜨렸을 때에 네가 내 마술회로에서 가지고 간 마력량은 아무리 생각해도 너무 적었으니까."

그것이 원인이 되어 웨이버는 '왕의 군세─아이오니언 헤타이로이'의 소비마력을 잘못 계산했던 것이다. 아무리 생각해 봐도 곧이곧대로 고지식하게 믿어 버린 자기 자신에게 화가 난다. 마술의 대원칙이 등가교환이라는 점을 고려한다면 그런 무지막지한 대마술이 그렇게 간단히 발동할 리가 없다. 자신의 서번트가 차원이 다른 바보라는 것을, 웨이버는 염두에 두었어야 했던 것이다.

정력제를 과잉 섭취한 것 때문에 지금이라도 토할 것처럼 메슥거리는 속을 어떻게든 가라앉히면서, 웨이버는 단열시트 위에 침낭을 깔고서 신발을 벗고 그 안으로 들어갔다.

"라이더. 사실은 너, 내가 부담해야 할 마력까지 너의 저장마력만으로 조달해 왔던 거지? 그런 데다 두 번이나 그런 말도 안 되는 짓을 하고…. 대체 무슨 생각이야?!"

「하지만… 말이다.」

라이더는 자못 이야기하기 힘들다는 듯이 말끝을 흐리면서 탄식했다.

「뭐, 실질적으로 서번트로서의 짐은 순수한 소울 이터soul eater니까. 전력을 다한 마력소비에 꼬마를 끌어들였다간, 그때는 목숨이 위험할지도 모르니까 말이다.」

"나는… 그래도 괜찮다고."

골똘히 생각에 잠긴 어두운 눈으로 땅바닥을 바라보며, 웨이버는 낮은 목소리로 중얼거렸다.

"네가 얻어 온 성배를 그냥 받기만 하는 것은 싫어. 이건 내가 시작한 싸움이야. 내가 피를 흘리고 희생을 치르며, 그런 뒤에 승리하지 않으면 의미가 없어."

신도심을 산책할 때에 라이더가 간단히 웃어넘겼던 싸움의 의의. 하지만 그래도 웨이버는 버릴 수 없다. 포기할 수 없다. 아무리 보잘것없다고 비웃음을 사더라도 이 가슴에는 누구에게도 양보할 수 없는 것이 있다.

"성배의 용도 따위 알 게 뭐야! 난 말이지, 뒷일은 어떻게 되든 상관없어. 그냥 증명하고 싶을 뿐이야! 확인하고 싶을 뿐이야! 내가… 이런 나도 이 손으로 움켜쥘 수 있는 것이 있다는 것을!"

「…하지만 꼬마. 그건 성배가 **진짜로 있었을 경우**의 이야기겠지?」

생각지도 못한 라이더의 말에, 웨이버는 깜짝 놀라서 잠시 말을 잃었다.

"…뭐?"

「모두가 혈안이 되어 있긴 하지만, 그 후유키의 성배란 것이 진짜 소문대로의 물건이라는 보증은 어디에도 없어. 안 그런가?」

지금 와서 라이더가 무슨 이야기를 하려는 것인지 웨이버는 상대의 진의를 전혀 알 수 없었다. 하지만, 확실히 그 물음은 부정할 수 있는 것이 아니었으므로 우선 고개를 끄덕일 수밖에 없다.

"그야, 그런데. 하지만…."

「짐은 말이지, 예전에도 그런 '있는지 없는지도 알 수 없는 것'을 좇으며 싸운 적이 있다.」

그 술회는 어째서인지 쓰디쓰면서도 냉담해서 평소에 보이던 상쾌한 패기와는 거리가 멀었다.

「세상 끝의 바다─오케아노스를 보여 주겠다고, 그렇게 큰소리를 치며 짐은 세상을 마구 어지럽히며 돌아다녔다. 짐의 입심에 속아 넘어가서 의심도 하지 않고 따라왔던 경박한 녀석들을, 많이 죽게 만들었지. 이놈이고 저놈이고 하나같이 유쾌한 바보들이었어. 그런 녀석들부터 먼저 힘이 다해 쓰러져 갔다. 마지막까지 짐이 말한 세상 끝의 바다를 꿈꾸면서 말이야.」

"……."

「마지막에는 짐을 의심하게 된 똘똘한 녀석들 덕분에 동방원정은 백지화되었다. 하지만 그렇게 하길 잘 했다고 생각한다. 그대로 계속 진행했더라면, 짐의 군세는 어디에도 도달하지 못하고 전부 죽어 버렸을 테니까.

이 시대의 지식을 얻었을 때에는… 뭐, 상당히 충격을 받았지. 설마 대지가 둥글다니, 말 같잖은 농담에도 정도가 있어. 하지만 그래도 지도를 보면 납득할 수밖에 없었다. 세상 끝의 바다 따윈 어디에도 없었어. 짐의 꿈은 그저 망상일 뿐이었다.」

"이봐, 라이더…."

설령 그것이 진실이라고 해도.

하필이면 이스칸다르 자신의 입에서 그런 말이 나온다는 것이 웨이버로서는 견딜 수 없이 싫었다.

그렇게나 선명하게, 일편단심으로 그 경치를 마음속에 그리면 서도 어째서 이 남자는 이제 와서 이렇게나 차가운 목소리로 품어 오던 꿈을 부정하는가.

하지만 입 밖에 내려고 했던 규탄의 말은 목구멍에서 쪼그라들어 사라졌다.

규탄하면 들키고 만다. 자신이 라이더와 같은 꿈을 공유하고 있었다고. 무단으로 엿보고 그의 내부에 발을 들이고 있었다고. 그런 것은 절대 자백할 수 없다. 그야말로 웨이버의 위신에 관한 문제다.

「짐은 말이다. 더 이상 그런 헛소리로 누군가를 죽게 만드는 건 싫다. 성배의 존재가 확실하다면 목숨을 걸겠다는 네놈의 마음에 보답해 줄 수도 있지만… 공교롭게도 아직 그렇다고 단언할 수 없어. 사실은 대지가 둥글었다는 사실과 같은 수준의 어이없는 배신이 숨어 있지 않다고 단정할 수 없으니까 말이다.」

"하지만 나는… 그래도 너의 마스터라고."

고집스럽게 반박하면서도, 한편으로 마음속 깊은 곳에서는 그런 자신에게 기가 막혀서 실소하게 된다.

제대로 마력을 제공할 수도 없으면서.

무리하며 싸우고 있던 서번트의 허세를 간파하지도 못했으면서, 라고.

하지만 그런 웨이버의 속마음 따윈 상관하지 않고, 영체화한 라이더의 목소리는 평소와 다를 바 없이 호방하게 큰 소리로 웃을 뿐이었다.

「꼬마, 네놈도 말 좀 하게 되었구나! 응, 확실히 마술회로도 평소보다 힘차게 돌고 있어. 지맥에서 빨아들일 수 있는 양도 있고 하니, 낮에 충분히 휴식을 취하면 밤에는 한바탕 더 날뛸 수 있을 것 같군.」

패스를 통해 라이더에게 빨려 나가는 많은 마력량은 웨이버도 자각하고 있었다. 조금 전까지의 메슥거림은 이미 거짓말처럼 사라지고, 반대로 지금은 맹렬한 피로감에 손끝을 움직이는 것도 귀찮았다. 땀도 흘리지 않는데 온몸에서 힘이 빠져나간다. 눈꺼풀을 들어 올리는 것도 힘들 정도다.

"…그래서? 한바탕 날뛴다니, 다음에는 대체 뭘 할 셈이야? 너."

「흠, 그렇지…. 오늘 밤은 우선 세이버 녀석이라도 상대해 줄까. 다시 한 번 그 숲의 성을 공략해 보도록 하지.」

"또 술통을 한 손에 들고서 놀리러 가는 건 아니겠지?"

「당연하지. 녀석하고 할 이야기는 다 했다. 남은 것은 싸우는 것뿐이다.」

듣기에는 여유로움이 느껴지는 목소리였지만 그 속에는 사나운 기운이 끓어오르고 있었다. 가볍게 도전하는 듯한 모습이지만, 라이더도 세이버가 난적임은 충분히 알고 있는 것이다. 장렬한 격전이 될 것은 원래부터 각오하던 바라고 말하는 것 같았다.

"…이 상태라면 밤까지 어느 정도 회복할 수 있을 것 같아?"

「글쎄다…. 어디까지나 계산상의 예측이지만, '신위의 차륜— 고르디아스 휠'을 사용하는 것은 최대출력까지는 힘들어도 띄우는 것만이라면 문제없을 거다.」

그리고 잠시 생각에 잠기듯 한 박자 쉰 뒤에, 다시 영체상태의 라이더가 한숨을 섞어 말을 이었다.

「하지만 '왕의 군세—아이오니언 헤타이로이'는… 아마도 앞으로 한 번이 한계겠지.」

"그런가…."

당연하다면 당연한 이야기였다. 오히려 마지막 한 장이라고 해도 비장의 카드가 남아 있다는 것을 요행으로 생각해야 한다.

「사용할 곳으로 보자면 아처와의 싸움이 되겠군. 그 금번쩍이의 말도 안 되는 모습에는 짐도 역시 비장의 수단으로 대처할 수밖에 없으니까. 그러니까 다른 적들은 전차만으로 싸우게 되겠지.」

전략으로서는 틀린 것이 없다. 그렇지만 또 다른 의문이 웨이버의 안에서 솟아난다.

"그렇다면… 라이더, 왜 하필 세이버와 싸우는 거야?"

「응?」

"그도 그럴 것이 넌 이미 그 녀석은 안중에 없다는 듯한 소릴 했었잖아. 여유가 없어졌다면 앞으로는 싸움의 횟수를 줄여 나가야 해.

그야 아처는… 뭐, 네 멋대로 이상한 약속을 해 버렸으니 이제 와서 뒤로 물러설 수도 없겠지. 하지만 세이버는 다른 서번트와 싸우게 만들어서 탈락하기를 기다리는 방법도 있어."

웨이버의 진지한 제안에 맥 빠진다는 실소가 돌아온다.

「이봐라, 꼬마. 손가락이 있었다면 이마에 한 방 먹여 줬을 거다.」

"무, 무슨 소리야?! 나는 당연한 전략을 말했을 뿐이잖아!"

여기서 라이더가 실체가 있었다면 웨이버는 이마를 감싸고 있었겠지만, 상대가 영체인 상태라면 왜소한 체구의 마술사도 아직 강경한 태도를 취할 수 있다.

「세이버 녀석은 말이지, 짐이 쓰러뜨려야만 한다. 그것이 같은 영령으로서의 짐의 의무다.」

"…무슨 소리야, 그건?"

「그 바보 계집은 짐이 확실히 정벌해 주지 않으면 영원히 잘못된 길에서 헤매고 있을 거다. 그래서는 너무 불쌍하지 않나.」

라이더의 말은 웨이버가 전혀 이해할 수 없는 것이었지만, 어쨌든 그의 판단이 늘 그렇듯 성배전쟁을 도외시한 정복왕 나름의 동기 때문이란 것만은 알 수 있었다.

그런 쓸데없는 발상은 마스터로서 훈계해야 하는 것이겠지만, 사실은 웨이버도 세이버와의 대결을 피할 수 있을 것이라고 낙관하고 있던 것은 아니다. 다른 이에게 맡기고 탈락하기를 기다리기에 세이버라는 서번트의 성능은 너무나도 강력하다. 보다 강해 보이는 라이벌이라면 아처이겠지만, 그 수수께끼의 황금빛 서번트도 웨이버가 보기에는 때를 기다리며 대립자를 줄여 나갈 심산인 듯 보인다. 라이더보다 먼저 세이버와 싸워 줄 가능성은 희박하다.

라이더가 마지막까지 살아남기 위해서라면, 결국 세이버와 직접 대결하게 될 확률이 상당히 높을 것이다.

"…뭐, 마음대로… 해…."

불평할 생각이었지만 말에 하품에 섞여서 거의 의미가 없어졌다. 이제 슬슬 졸음을 이기기 힘들다. 새로 산 딱딱한 침낭에서 지금은 마치 깃털이불처럼 부드러운 온기마저 느껴진다.

「됐으니까 무리하지 말고 자라, 꼬마. 지금의 네놈에게는 휴식이 싸움이다.」

"응…."

하고 싶은 말은 아직 많이 있지만, 그것은 다시 눈을 뜬 뒤에 해도 된다. 모습 없는 라이더와 대화하는 것은 얻어맞을 걱정이 없다는 안도감이 있긴 했지만, 어쩐지 뭔가 부족하다는 위화감이 든다. 무엇보다, 지금은 말을 하는 것도 힘이 들었다. 너무 졸리다.

결국 웨이버는 허탈감에 몸을 맡기며 깊은 잠의 바닥으로 가라앉아 갔다.

− 37:02:47

아이리스필이 다음에 눈을 떴을 때, 창고의 채광창에서는 붉게 물든 석양이 비쳐 들고 있었다.

의식이 단절되어 마치 오늘 하루의 시간 자체가 빠져나간 것 같았다. 그 정도로 깊은 잠에 빠져 있었던 것이리라. 이미 기능을 잃어 가기 시작하는 육체의 휴면은, 수면은 고사하고 거의 가사상태에 가까운 것이었다.

상태는 상당히 안정되었다. 휴식도 나름대로의 효과를 거둔 모양이었다. 역시나 일어서는 것은 무리였지만, 지금이라면 대화 정도는 지장 없이 할 수 있을 듯했다.

문득 옆을 보자 히사우 마이야가 그림자처럼 조용히, 일체의 움직임도 없이 한쪽 벽 구석에 앉아 있었다. 아이리스필이 마지막으로 봤던 것과 한 치도 다르지 않은 위치와 자세. 하지만 조금 아래로 내린 시선의 날카로움은 빼어 든 칼날과도 같아서, 방심도 권태도 일절 없이 허공의 어딘가를 응시하고 있다.

그것은 믿음직스럽게 생각되는 것과 동시에, 살아 있는 인간이라기보다 오히려 사역마나 기계인형처럼 보여서 아이리스필조차 어떤 종류의 두려움을 금할 수 없었다. 어떠한 단련과 정신력이 저 정도의 집중력을 유지하게 만드는 것인지 도저히 상상도 할 수 없었다.

자그마한 경외의 마음과 함께, 문득 아이리스필은 생각했다. 히사우 마이야라는 여성은 에미야 키리츠구가 지향하던 존재방식을, 키리츠구 이상으로 체현하고 있는 존재일지도 모른다.

"…저기, 마이야 씨."

한숨에 가까운 목소리로 속삭이듯 부르자, 마이야는 큰 피리 소리를 들은 사냥개처럼 재빨리 아이리스필을 주시했다. 조금 미안해졌다. 아이리스필로서는 그저 잡담을 하고 싶었던 것뿐이었다.

"당신은, 왜 키리츠구를 위해서 싸워?"

"…그것 말고는 아무것도 없기 때문입니다."

보호 대상이 고통이나 불편함을 호소하고 있는 것이 아니라 그저 대화를 원하고 있는 것이라고 이해한 시점에서, 마이야는 조금 긴장을 풀고서 조용히 묵고한 뒤에 대답했다.

"저는 가족도, 제 이름도 기억나지 않습니다. 히사우 마이야라는 이름은 키리츠구가 처음에 만들어 줬던 위조 여권의 명의입니다."

"…뭐?"

깜짝 놀라는 아이리스필에게 마이야는 입가에 작은 미소 같은 것을 보였다. 그것은 결코 감정을 겉으로 드러내지 않는 그녀가 보인 최대한의 허물없는 태도였는지도 모른다.

"기억하고 있는 것은 그곳이 너무나도 빈곤한 나라였다는 것입니다. 희망도 없고 미래도 없고, 그저 서로를 증오하며 뺏고 빼앗기기를 반복하는 것으로밖에 살 양식을 얻을 수 없는 장소였습니다.

전쟁은 결코 끊이지 않고, 군대를 유지할 자금조차 없는데도 서로를 계속해서 죽고 죽일 수밖에 없는 매일…. 그러는 동안에 누군가가 생각했습니다. 병사를 징용해서 훈련하는 것보다, 어린아이를 납치해 와서 총을 들게 하는 편이 값싸고 손쉽다고 말이죠."

"……."

"그래서 총을 건네받기 이전의 일은 기억하지 못합니다. 그런 식으로 먼저 정신이 부서져 버렸기 때문에 그만큼 오래 살아남을 수 있었죠. 적을 겨누고 방아쇠를 당긴다. 그런 기능만 남기고 나머지는 전부 소거…. 그것이 불가능했던 아이는 가능했던 아이보다 먼저 죽어 갔습니다. 그리고 저는 우연히 키리츠구와 만난 날까지 살아남았습니다."

이야기하면서 마이야는 자신의 손을 내려다본다. 가늘고 긴 손가락에는 여성스러운 우아함과는 거리가 먼, 어딘지 모르게 예리한 흉기를 연상시키는 딱딱함이 있었다.

"제 안에 존재한 사람으로서의 내용물은 이미 죽었습니다. 그저 바깥쪽 그릇만이 아직 작동하며 예전에 익숙하던 기능을 유지하고 있을 뿐이죠. 그것이 저의 '생명'입니다. 주워 준 것은 키리츠구. 그래서 키리츠구가 좋을 대로 사용해 주면 됩니다. … 그것이 제가 이곳에 있는 이유입니다."

결코 행복한 내력의 소유자는 아닐 거라고 막연한 예감을 가지고 있기는 했지만, 지금 단적으로 이야기한 마이야의 과거는 아이리스필의 예상을 까마득히 능가하는 것이었다.

대답할 말도 찾지 못하고 침묵하는 아이리스필에게, 이번에는 마이야가 어색한 분위기를 풀어 보려는 듯이 말을 걸었다.

"오히려 저는… 마담, 당신의 열의가 의외였습니다."

"응?"

설마 마이야 쪽에서 화제를 던져 올 것이라고는 생각도 하지 못했던 아이리스필이었기에 상당히 놀라지 않을 수 없었다.

"당신은 태어난 성에 갇힌 채로 바깥세상을 알지 못하고 살아왔습니다. 그런 당신이 세상을 바꾸려는 키리츠구를 위해서 그렇게나 필사적으로 싸우다니…."

"나는…."

마이야의 말에 새삼 아이리스필은 자성한다.

'세상을 구한다'라는 이상에 이끌려 살아왔던 남편, 에미야 키리츠구. 자기 몸을 상처 입히면서까지 성배를 추구하는 그 모습을 직접 보고서도, 지금 자신이 그와 완전히 같은 꿈을 가슴에 품고 있다고 말할 수 있을까.

"그렇지. 사실은 키리츠구의 이상이 어떤 것인지 제대로 이해하고 있는 것은 아니야."

그렇다. 대답은 '아니요' 다.

"결국 이해한 척을 하고 있었던 것뿐일지도 몰라. 그저 사랑하는 사람과 함께 걷고 싶다고 생각했던 것뿐일지도. 마이야 씨가 말한 대로, 나는 키리츠구가 바꾸려고 하는 세계를 전혀 이해하고 있지 않아. 내 안의 이상 따윈, 전부 키리츠구의 생각을 그대로 옮겨 놓은 것뿐이야."

"…그런가요?"

"응. 하지만 키리츠구에게는 비밀이야."

아이리스필로서는 참으로 기묘한 감각이었다. 남편 앞에서는 결코 밝힐 수 없는 속내를 이렇게나 쉽게 들려줄 수 있는 상대가 있다니.

"키리츠구에게는 언제나 그 사람이 옳다고 말해 왔어. 그 사람의 이상에는 내가 목숨을 바칠 만한 가치가 있다고 말이야. 이제까지 나는 그렇게 이해자인 척을 해 왔어. 같은 이상을 품고서 그것을 위해 죽는 여자라면, 단순히 남편을 위해서만 죽는 여자보다는 키리츠구에게 무거운 짐이 되지 않을 거 아냐?"

"그렇군요."

키리츠구에 대한 애정과도 세이버에 대한 신뢰와도 다른 의존의 감각. 아이리스필이 처음으로 품은 이 감정은 어쩌면 '우정'

이라고 불리는 것일까.

"그렇다면 마담, 당신에게는 당신 자신을 위한 소망은 없다는 겁니까?"

다시 던져진 질문에, 아이리스필은 이번에는 마이야와 함께 헤쳐 나왔던 숲에서의 싸움을 회상한다. 그때 코토미네 키레이의 압도적인 힘 앞에 위축되지 않고 그녀를 싸우게 만들던 투지는 대체 어디에서 솟아났던 것일까.

"소망은… 그렇지. 확실히 있어. 나는 키리츠구와 세이버가 끝까지 승리했으면 좋겠어. 그 두 사람이 성배를 획득했으면 좋겠어."

그것은 동시에 아이리스필의 죽음이기도 하다. 키리츠구와의 결별을 의미한다.

하지만 그 기도야말로 아이리스필을 내부에서 움직이게 하는 원천이다.

"그건… 제3마법의 달성이라는 아인츠베른의 비원입니까?"

"아니. 꼭 유스티차의 대성배까지 이르지 않아도 돼. 내가 원하는 것은 싸움의 종언이야. 키리츠구가 바라는 대로 세상의 구조가 바뀌고 모든 투쟁이 종식된다면, 이 후유키에서 성배를 얻기 위한 싸움도 예외는 아닐 거 아냐?

부디 이번 네 번째 싸움이 마지막 성배전쟁이 됐으면 좋겠어. 성배의 그릇을 위해 희생되는 호문쿨루스를 더 이상 늘리고 싶지 않아."

거기서 마이야는 금세 아이리스필의 진의를 깨달았다.

"…따님 때문입니까?"

"응."

이리야스필 폰 아인츠베른. 호문쿨루스의 모태에서 마술사의 정기를 받아 태어난 연금마술의 집대성. 직접 만난 적 없는 마이야도 그 존재는 물론 들어서 알고 있다.

"큰할아버님의 계획으로는 말이지, 나 이후의 '성배의 수호자'는 보다 세련된 기능을 가진 호문쿨루스가 될 거래. 그냥 태내에 성배를 감추고 있는 것이 아니라, 반대로 추가 마술회로를 외장으로 덮어씌움으로써 육체 자체를 성배의 '그릇'으로서 기능하게 만들려는 구상이야.

큰할아버님은 이번의 '제4차'가 시작되기 전부터 '제5차'의 가능성을 내다보고 있었어. 그래서 나에게 이리야를 낳게 한 거야. 만약 나와 키리츠구가 실패하면, 그때는 그 애가 '천의天衣'의 실험대로 채용되는 거지. 60년 뒤의 진짜 승부를 준비하기 위해서 말이야."

차가운 목소리가, 이때 애정의 온도를 띠었다.

그것은 아이리스필이라는 존재가 결코 단순한 인형으로 살지 않았다는 증거다. 그녀에게는 마음이 있었다. 타인을 사랑하고 아끼는, 행복하면 웃고 슬프면 눈물을 흘리는, 그런 당연한 가슴의 온기를 인간과 마찬가지로 가지고 있었던 것이다.

"그 애를 안고, 젖을 먹이고…. 하지만 나는 알고 있었어. **이것**도 결국은 '그릇'의 부품일 뿐이라는 것. 소중한 자기 아이를 그런 식으로 포기해야만 하는 어머니의 마음을, 당신은 알겠어?"

"……."

대답도 없이, 마이야는 침묵 속에서 아이리스필이 토로하는 감정을 곱씹었다.

"하지만 그것이 아인츠베른의 호문쿨루스에게 부여된 숙명이야. 그 애도, 그리고 내 손자도 모두 마찬가지로 딸을 낳을 때마다 이 슬픔을 맛보게 돼. 언젠가 후유키의 성배가 강령되는 날이 올 때까지 이 연쇄는 계속되는 거야.

그래서 나는 이번을 마지막으로 하고 싶어. 내 몸 하나로 아인츠베른의 망집을 끝내고 싶어. 만약 그것이 이루어지면 내 딸은 운명에서 해방돼. 그 애는 성배 따위와는 아무런 인연도 없이, 마지막까지 인간으로서 수명을 다할 수 있게 되는 거야."

"어머니로서의 정입니까…."

그런 말을 듣고 간신히 아이리스필은 자신의 속내를 너무 많이 노출시킨 것을 깨닫고 쑥스럽다는 듯이 쓴웃음을 지었다.

"그럴지도 모르지. 마이야 씨, 당신에게는 상상도 안 가는 일이려나?"

"원래대로라면 이해해야 했겠습니다만. 이래 봬도 한 번은 어머니가 된 적이 있는 몸이니까요."

"…뭐?"

너무나도 의외의 말에 아이리스필은 귀를 의심했다.

놀라게 만든 것을 사과하려는 것처럼, 마이야는 어조를 조금 누그러뜨리며 말을 이었다.

"실은 저도 출산 경험이 있습니다. 의외라고 생각하실지도 모르겠습니다만."

"…결혼 경험이?"

"아뇨. 아버지가 누구인지도 모릅니다. 전쟁터에서는 말이죠, 저 같은 여자아이는 모두가 막사에서 어른들에게 매일 밤 윤간을 당했으니까요. 그건 언제였던가…. 어쨌든 초경이 지나고 얼마 뒤였습니다.

아이에게는 이름도 붙여 주지 못했습니다. 지금도 살아 있는지 어떤지도 모릅니다. 만약 죽지 않았다면 분명히 전쟁터에서 계속 싸우고 있겠죠. 캠프에서는 다섯 살이 된 아이에게는 총이 지급되었으니까요."

"그럴 수가…."

한때 소년병이었던 여자가 담담하게 이야기하는 처참한 과거에는, 몹시 쇠약해진 아이리스필조차도 동요하지 않을 수 없었다.

"놀라셨습니까? 하지만 이런 일은 이미 드문 것이 아닙니다.

최근에는 전 세계의 게릴라들이 어린아이를 병사로 쓸 때 비용 대비 효과가 크다는 것을 알고 있습니다. 우리 같은 초기 케이스가 높은 성과를 증명해 버렸으니까요. 저 같은 경험을 하는 아이들은 줄어들기는커녕 오히려 늘어나고 있습니다."

조용히 이야기하는 동안에 마이야의 눈빛은 점차 차갑게 메말라 간다. 그 목소리에는 이미 분노도 슬픔도 없다. 그녀가 추억하는 경치에는 그런 인간적인 감정과는 거리가 먼, 그저 바닥없는 절망밖에 없는 것이리라.

"마담, 당신은 처음으로 본 세상을 아름답다고 느끼고 거기에서 살아가는 사람들을 행복하다고 생각했는지도 모릅니다. 하지만 저는 그 겨울의 성에서 한 걸음도 나오지 않고 살아가던 당신이 부러웠습니다. 이 세상의 추악한 모습도 역겨운 모습도, 아무것도 보지 않을 수 있다니."

마이야의 그런 감개는 원망의 말은 아니었지만, 입 밖에 낸 시점에서 이미 아이리스필의 무구함을 나무라는 의미를 갖게 될 수밖에 없었다.

마이야 자신도 나중에 그것을 깨달았는지, 부정하듯 고개를 저으며 보다 단호한 어조로 끝맺었다.

"이런 세상을, 만약 정말로 다른 모습으로 바꿀 수 있다면… 그것을 성취할 수 있는 키리츠구를 위해서라면 이 목숨은 어떻게 써 버리더라도 상관없습니다."

그저 싸우는 것 외에는 아무것도 없다고, 그렇게 마이야는 자신에 대해서 이야기했다. 그 말에는 분명히 티끌만큼의 과장도 없다. 이상도 없고 비원도 없이, 그 마음에는 그저 불에 탄 초토焦土처럼 공허한 동굴이 있을 뿐이었다.

그녀의 내면은 에미야 키리츠구와 정반대이면서도, 전사로서의 두 사람은 너무나도 비슷했다. 그 모순이 다시 한 번 아이리스필의 마음을 옥죈다. 분명히 마이야의 존재는 키리츠구에게 본보기임과 동시에 교훈일 것이다. 그녀를 곁에 둠으로써, 키리츠구는 자신의 모순을 봉인하고 냉혹 비정한 수렵기계로 자신을 완성할 수 있는 것이다.

"당신은… 키리츠구가 이상을 이룬 뒤에 어떡할 생각이야?"

아이리스필에게 그런 질문을 받고, 마이야는 이때 처음으로 당혹스러운 시선을 이리저리 돌렸다.

"살아남을 거라고는 생각하지 않습니다. 만약 목숨을 건진다고 해도, 저에게 더 이상 살아갈 의미는 없습니다. 키리츠구에 의해 개혁된 세상이란 분명히 그런 장소이겠지요."

모든 전쟁이 근절된 세계에는 전쟁 중의 처신밖에 모르는 인간이 있을 곳은 없다. 그 체념은 마이야에게는 당연한 결론일 것이다.

그것이 너무나도 슬프고 분해서, 아이리스필의 입에서 말이 절로 흘러나왔다.

"아니, 그렇지 않아. 마이야 씨, 당신에게는 싸움 뒤에 해야만 하는 일이 있어."

"……."

뭔가 묻고 싶은 듯한 여전사의 시선을 정면으로 받으며, 아이리스필은 단호히 고했다.

"찾아야 해. 당신의 진짜 이름과 가족, 그리고 당신이 낳은 아이의 소식을. 그건 잊어서는 안 될 일이야. 반드시 확인해서 알아 둬야만 하는 일이야."

"그런 걸까요…."

아이리스필의 열의와는 반대로, 마이야의 회의적인 목소리는 여전히 싸늘하게 식어 있었다.

"만약 정말로 평화로운 시대가 온다면 저 같은 인간의 기억은 악몽에 지나지 않습니다. 아문 상처를 쓸데없이 벌려서 아프게 만들 뿐이지요. 모처럼 찾아온 이상향에 증오의 씨앗을 가져오게 되는 것이 아닐까요?"

"그렇지 않아. 그도 그럴 것이, 당신의 인생은 꿈이 아니라 분명한 사실이니까. 그것을 어둠 속에 덮어 버리고서 얻는 평화 같은 건, 그야말로 기만이자 죄일 뿐이야.

나는 생각해. 정말로 평화로운 세계라는 것은 그냥 아픔을 잊을 수 있는 장소가 아니야. 만약 두 번 다시 아픔이 생겨나지 않는 장소까지 도달했다면, 그때 인간은 과거에 놓고 온 아픔과 희생을 진정한 의미에서 추도하고 회상할 수 있게 되지 않을까?"

"……."

마이야는 입을 다물고서 잠시 아이리스필을 바라보았다. 그런 뒤에 아주 잠깐이나마 밝은 표정으로 끄덕였다.

"그 말은 좀 더 빨리 키리츠구에게 해 줘야 했습니다. 어쩌면 그 사람은 지금보다 훨씬 더 구원받았을지도 모르니까요."

그런 마이야의 감상은 아이리스필의 가슴에 기쁨과 아쉬움을 동시에 불러들였다.

아마도 죽어 가는 그녀에게는 이제 두 번 다시 남편과 이야기할 기회는 없을 것이다.

"그렇다면 마이야 씨. 당신이 그 사람에게 전해 줘. 내가 한 말로 위로해 줘."

마이야는 고개를 끄덕이는 대신, 모호하게 어깨를 움츠려 보였다.

"선처는 하겠습니다. 하지만 그것은 싸움이 끝난 뒤의 이야기입니다. 현 상황은 앞을 예측할 수 없습니다. 그 사람도 저도, 당분간은 긴장을 풀 수 없습니다."

냉담한 대답이었지만, 이내 아이리스필은 그것이 마이야 나름의 유머임을 알아차렸다. 그런 말로 상대를 웃기려고 했는가, 하고 생각하니 오히려 그 점이 우스꽝스러웠다.

"정말이지, 당신이란 사람은…."

갑작스러운 진동이 창고를 뒤흔든 것은 그때였다.

놀라움에 몸을 움츠리는 아이리스필의 어깨를 마이야의 팔이 곧바로 끌어안았다. 한순간에 임전태세로 전환한 칼날 같은 눈빛은, 이미 오른손에 쥔 캘리코 단기관총의 총구와 함께 흔들림 없이 철문을 응시하고 있다.

다시 창고가 진동한다. 이번에야말로 또렷하게, 두꺼운 철문이 밖에서 안쪽을 향해 뒤틀리며 휘었다. 누군가가 맹렬한 힘으로 창고의 문을 두들기고 있다. 중장비라도 동원하지 않으면 불가능한 행동이지만, 성배전쟁의 참가자인 두 사람에게 그것은 놀랄 만한 일이 아니다. 오히려 절망에 등줄기가 얼어붙었다.

지금 창고 안으로 밀고 들어오려고 하는 것이 서번트라면, 이미 마이야의 무기로 저항하는 것은 불가능하다. 그렇다고 해도 퇴로도 없다. 그야말로 절체절명의 위기다.

하지만 두려움에 위축되기보다 먼저 두 사람의 뇌리를 스치는 것은, 믿기지 않는다는 의심이었다.

누가 대체 어떻게 이 창고를, 아이리스필의 위치를 파악한 것일까?

사역마에 의한 척후, 천리안에 의한 탐지라면 방어결계로 그것을 알 수 있었을 것이다. 그런 사전작업도 일절 없이 서번트를 투입해 왔다면, 적은 사전에 이 창고에 대해 알고 있었다고밖에 생각할 수 없다.

세 번째의 진동. 먼저 굴복했던 것은 철문 그 자체가 아니라 경첩이 달린 벽 쪽이었다.

부서진 회벽의 파편을 날리며 문이 창고 안쪽으로 쓰러진다. 눈 안에 날아든 직사각형 모양의 바깥 풍경은, 피에 물든 것 같은 새빨간 저녁놀.

그 가운데 우뚝 서 있는 구름을 꿰뚫을 듯한 거구는, 틀림없다. 서번트 라이더, 정복왕 이스칸다르의 그것이었다.

마이야의 손안에서 절망의 악력이 캘리코의 방아쇠를 당겼다.

어스름이 깔릴 무렵. 오늘 하루의 감시가 허탕으로 끝나는 게 아닐까 하는, 그런 막연한 직감이 세이버를 괴롭히고 있었다.

아처의 마스터인 토오사카 토키오미로부터 얻은 정보에 따라 미야마초의 소재지에 찾아간 세이버는, 거기서 맥켄지라는 노부부의 집을 찾아냈다. 초인종에 응해서 나타난 노부인의 이야기에 따르면 최근 며칠간 손자와 그의 친구가 이곳에 머무르고 있는 것은 틀림없는 사실이었다. 노부인은 세이버도 그들의 친구라고 멋대로 착각한 모양인지 의심하지도 않고 싹싹하게 맞아 주었다.

노부인에게 들은 두 사람의 풍모는 틀림없이 라이더와 그 마스터였다. 그런데 정작 중요한 서번트의 기척이 전혀 느껴지지 않는다. 이 정도 규모의 집이라면 만약 집 안에 서번트가 숨어 있다 한들, 현관 앞에서라도 그 기척을 깨달을 수 있었을 것이다.

듣기로 두 사람은 오늘 아침 일찍 나가서 돌아오지 않고 있다고 한다. 그러면 어떠한 수단으로 세이버의 방문을 미리 알고 피한 것일까 하고 의심했지만, 그 정복왕이 그런 겁쟁이 같은 행동을 취하리라고는 생각하기 어렵다. 오히려 자웅을 겨루기 위해서라면 정면으로 마중 나왔을 것이다.

결국 서로 엇갈린 것은 단순한 우연이라고 판단한 세이버는, 얌전히 맥켄지 가의 문 앞을 벗어나 조금 떨어진 장소에서 맥켄지 부부의 집을 감시하며 라이더 일행의 귀가를 기다리기로 했다.

물론 이야기를 나눈 노부인에게 진짜 사정을 대해서는 철저히 감추었다. 웨이버 벨벳에게 속고 있다고 해도, 저 집의 부부는 어디까지나 무관계한 일반인이다. 성배전쟁에 휘말리게 할 수 있을 리 없다. 그 정도의 구분은 라이더도 분명히 하고 있을 것이다.

후유키 시 전역을 위기에 빠뜨린 캐스터의 폭거를 저지하기 위해 라이더는 성배전쟁을 제쳐 두고 행동했다. 긍지 높은 영령으로서 지극히 당연한 자세를 지키려는 그 태도로 미루어 볼 때, 그 정복왕은 결코 엇나가지 않을 것이라고 세이버는 판단하고 있었다. 얼마 안 있어 돌아온 라이더가 세이버의 모습을 발견한다면, 서번트 간의 싸움에 어울리는 장소를 골라 대결하길 바랄 것이다.

하지만 그냥 길에서 어슬렁거리고 있다가는 원치 않는 이목을 끌게 된다는 것을 금세 깨달은 세이버는 가까운 버스 정류장의 벤치에서 시간을 때우기로 했다. 이후로 꼼짝도 하지 않고 몇 시간을 기다리는 동안에, 지금에 이르렀다.

노부부의 주택이 바로 보이는 위치는 아니지만, 라이더가 돌아오면 반드시 서번트의 기운을 느끼고 세이버를 찾아낼 것이다. 거기서 도피나 기습 같은 수단을 취할 상대가 아니다. 도전하려는 세이버의 의도를 알아차리면 싸움에 적합한 장소로 유도하려 할 것이다.

기묘한 이야기지만 라이더의, 전투대행자인 서번트로서의 자세에 대해서 세이버는 전폭적인 신뢰를 보내고 있었다. 서로 어울릴 수 없는 사고방식의 소유자임은 확실하지만, 그 영령이 자신이 지닌 '왕의 긍지'를 전제로 행동하고 있는 것에 의심의 여지는 없다. 정정당당하게 도전하는 한 배신당할 일은 없다. 라이더는 결코 자신의 긍지를 손상시킬 만한 전략을 선택하지 않을 것이다.

오히려 세이버의 불안은 정면보다 배후에 있다.

그녀의 마스터인 에미야 키리츠구는 그녀와는 전혀 다른 의도와 방침으로 라이더의 마스터를 노리고 있을 것이다. 세이버가 이러고 있는 지금 이 순간에도, 그녀를 라이더의 관심을 끌어낼 미끼로 보고서 어딘가 먼 곳에서 감시하고 있을지도 모른다. 아니, 그렇다고 각오하는 것이 올바른 판단일 것이다. 라이더가 전력을 다해 세이버와 대치하는 그 순간을, 키리츠구는 마스터를 암살할 절호의 찬스라고 여기고 기다리고 있을 것이 틀림없다.

그렇게 생각하면 세이버의 마음은 무겁게 가라앉는다.

차라리 키리츠구가 아처나 버서커의 마스터를 노리고 마술사
간의 결판을 내 준다면 그나마 낫다. 서번트에 의지하지 않고 권
모술수로 승리를 거둔다는 방식을 세이버도 완전히 부정하는 것
은 아니다. 키리츠구는 키리츠구 나름의 올바르고 절실한 이유
로 성배를 구하고 있다. 완벽하게 승리를 얻고 싶다는 마음도 이
해가 가지 않는 것은 아니다.

하지만 라이더, 정복왕 이스칸다르와의 결판은 세이버로서도
절대 물러설 수 없는 일선이었다.

그저 성배를 뺏고 빼앗기는 전투기계로서의 서번트가 아니라
자신의 긍지를 믿는 영령으로서의 싸움이어야만, 세이버는 전날
'성배문답'에서의 응어리를 청산할 수 있다.

자신의 포학한 왕도를 거리낌 없이 주창하고 '왕의 군세—아
이오니언 헤타이로이'라는 파격적인 형태로 과시한 이스칸다
르. 그런 그를, 기사왕의 이념의 표상인 '약속된 승리의 검—엑
스칼리버'로 타파하지 못하면 알트리아의 왕도는 갈파된 채로
끝나고 만다.

다시 생각해 봐도 라이더의 최종보구는 몸서리쳐질 정도로 강
대무비強大無比한 것이다. 설령 세이버의 보구를 최대출력으로 구
사하더라도 필승을 확신하기는 어렵다.

대군보구와 대성보구의 격돌이 어떠한 결말을 가져오는가는

상상의 영역을 넘어선다. 그런 위험한 도박에 승부를 거는 것은, 에미야 키리츠구라면 일소에 부칠 우행일 것이다. 하지만 세이버에게 성배란, 자신의 이상이 옳다는 것을 전제로 쟁취해야 할 물건이다. 왕으로서의 그녀의 근간을 위협하는 존재가 있는 이상, 그것을 피해서 성배에 이르는 길 따위는 세이버가 절대 허용할 수 없다. 정복왕에게 보다 나은 왕도를 증명해야만 성배는 기사왕을 선택할 것이다.

그렇기에 요전에 벌였던 랜서와의 싸움처럼, 만약 라이더와의 결판에서도 키리츠구가 쓸데없는 개입을 한다면 이번에야말로 세이버의 성배전쟁은 와해된다. 그런 방법으로 승리한다고 해도, 그 끝에 얻게 되는 성배를 세이버는 결코 손에 들 수 없을 것이다.

라이더가 또다시 고유결계를 전개하고 자신의 마스터도 그 내부에 끌어들이고서 싸운다면 쓸데없는 방해가 끼어들 걱정은 없다. 하지만 키리츠구도 라이더가 쥐고 있는 카드를 알고 있다. 그가 만약 '왕의 군세─아이오니언 헤타이로이' 의 발동에 앞서 어떠한 책략을 쓴다고 한다면….

등을 웅크리고 벤치에 앉은 채로, 세이버는 어금니를 깨물었다. 에미야 키리츠구의 행동을 읽을 수 없는 자신이 답답했다. 강적과의 대결을 앞두고 마음을 그곳에 집중할 수 없는 것에 속이 탔다.

불안과 함께 기다리는 시간 동안, 차가운 북풍은 더욱 매섭게 세이버의 몸을 괴롭히고 있었다.

×   ×

세이버의 염려대로 에미야 키리츠구는 그곳에 있었다.

거리로는 800미터 남짓. 한 구획 떨어져 있는 공단 주택지의 6층 맨션 옥상이다.

임대 빌딩과는 다른 공단의 맨션 옥상, 그것도 거주자의 이용을 생각하지 않은 구조는 출입이 곤란한 반면에 일단 한 번 자리를 잡으면 어지간한 일로는 방해받지 않는다. 저수탑의 그늘에 몸을 숨기면 계단 아래에서 발각될 일도 없어, 저격을 의도한 매복에는 절호의 위치이다.

이곳에서는 담배 연기와 냄새조차 누구에게도 들키지 않는다. 물, 식료품과 함께 지참한 담배를 마음껏 피울 수 있었던 만큼, 키리츠구의 정신적 부담은 세이버의 그것보다 훨씬 가벼웠다.

양각대로 지지되는 발터 저격총의 스코프는 맥켄지 가의 문 앞을 향하고 있다.

그것과는 따로 준비한 관측수觀測手용 스코프로 버스 정류장에 있는 세이버의 거동을 면밀히 볼 수 있다.

두 개의 망원경을 쉴 새 없이 교대로 들여다보는 것은 고생스러웠지만, 마이야에게 의지할 수 없는 이상 어쩔 수 없다. 아이리스필의 호위를 맡기고 있는 마이야는 이제 최종국면까지 움직일 수 없다. 이후의 '사냥'은 키리츠구가 단독으로 진행할 수밖에 없는 것이다.

세이버보다 늦게 맥켄지 가의 감시를 시작한 키리츠구였지만, 서번트의 기척을 느낄 수 있을 세이버가 빈둥거리며 멍하니 기다리고 있는 모습을 보면, 라이더가 부재중임은 명확했다. 그렇게 되면 마스터도 마찬가지일 터. 설마 이 상황에서 태연하게 빈집을 지키고 있을 정도로 간덩이가 큰 마스터는 없을 것이다. 적 서번트가 문 앞을 얼쩡거리기 시작하면 황급히 라이더를 불렀으리라.

키리츠구는 세이버와 달리, 사냥감이 거점을 비우고 있다는 사태를 보다 심각하게 받아들이고 있었다. 하필이면 키리츠구 일행이 글렌 맥켄지의 존재를 알게 된 다음 날 이른 아침부터 집에 돌아오지 않는다니, 타이밍이 너무 절묘하다. 확증은 없지만 웨이버 벨벳이 적의 습격을 예측하고 도주했을 가능성은 상당히 높다고 생각해도 좋을 것이다.

키리츠구는 그래도 한 줄기 희망을 갖고 기다림을 이어가고 있었지만, 지금은 다시 한 번 잘 생각해 봐야 할 때이기도 했다.

만약 웨이버가 다시 맥켄지 가에 돌아온다면 시한폭탄으로 집과 함께 날려 버린다는 방법도 있다. 하지만 그가 이미 도주한 뒤라면 지금쯤 다른 거점을 알아보고 있을 것이다. 다시 저 집에 나타날 공산은 낮다.

솔라우를 미끼로 케이네스를 낚은 것과 마찬가지로, 저 집의 노부부를 이용해서 웨이버를 함정에 빠뜨린다는 책략도… 통할 거라고는 생각되지 않는다.

눈속임을 위해 굳이 요새를 멀리하고 평범한 일반인의 집을 거점으로 선택한 웨이버의 판단을 키리츠구는 높이 평가하고 있었다. 일부러 알기 쉬운 장소에 커다란 공방을 마련한 세 가문이나 케이네스보다 훨씬 현명한 책략이다. 그런 판단이 가능한 마술사가, 설마 기생하는 집의 거주자들에게 정을 주고 있으리라고는 생각하기 어렵다. 웨이버에게 맥켄지 부부는 쓰다 버릴 도구에 지나지 않을 것이다.

귀중한 시간을 낭비하고 있다는 초조함과 섣부른 판단은 금물이라는 경고가 키리츠구의 내부에서 충돌한다.

웨이버의 귀환을 비관하면서도 그의 부재가 우연일 가능성을 버릴 수 없는 요인은, 그 소년 마술사가 정보전에서 키리츠구를 앞질렀을 경위가 도무지 상상이 되지 않는다는 점에 있었다.

당초에 라이더의 마스터로 나타난 그에 대해서는 완전히 노마크였다. 그 뒤의 추가 조사로 정체에 대해서 파악하긴 했지만,

그 시점에서도 웨이버 벨벳에 대한 프로파일링은 돌발적인 우연으로 마스터가 되어 버린 견습 마술사일 뿐이며 전투에서도 아마추어나 마찬가지라는 결론을 내리게 되었다.

물론 경험의 많고 적음을 능력으로 직결해서 생각할 키리츠구가 아니다. 신참 시절의 자신이 이미 얼마나 악랄한 암살자였는가를 키리츠구는 기억하고 있고, 그런 자신을 희귀한 사례라고는 생각하지 않는다.

하지만 몇 번인가 전장에서 관찰한 웨이버 벨벳의 모습에서 추측하기로는, 그가 정말로 키리츠구를 능가할 정도의 난적인지 어떤지….

답이 나오지 않는 사고의 무한루프 속에 형체 없는 짜증이 밀려오기 시작할 무렵….

갑자기 날카로운 통증이 왼손 새끼손가락 밑동을 태우며 키리츠구의 등줄기를 얼어붙게 만들었다.

"……?!"

히사우 마이야를 본격적으로 조수로서 사역하게 된 이래, 키리츠구는 그녀의 머리카락 한 올에 주적呪的 처리를 해서 왼손 새끼손가락의 피부 아래에 묻어 놓았다. 마이야 쪽은 반대로 키리츠구의 머리카락을 손가락 안에 넣어 두고 있다. 만약 어느 한쪽의 마술회로가 극단적으로 정체되었을 경우, 즉 죽음에 가까워질 정도로 생명력이 저하되었을 경우에는 다른 한쪽에 맡겨

둔 머리카락이 연소되어 그 위기를 알린다는 구조다.

무선이나 사역마로 궁지에 빠졌음을 알릴 여유조차 없을 정도의 최악의 사태를 상정한 그것은, 요컨대 '뒤늦은 결말'을 고하는 신호일 뿐이다. 그것이 지금 이 타이밍에 발동했다는 것이 무엇을 의미하는가….

동요하거나 당황하기보다 먼저, 에미야 키리츠구는 상황인식과 그 대처 전부에 모든 사고력을 동원하고 있었다.

마이야가 빈사 상태. 즉 그녀가 창고에 숨기고 있는 아이리스필의 위기. 경위도 원인도 지금 시점에서 물을 수 없다.

모든 것에 우선하는 것은 시급한 원조다. 그리고 선택할 수 있는 수단 중에 가장 빠른 그것은, 오른손의 영주가 가능케 하는 기적.

"영주로써 내 괴뢰에게 명한다!"

주먹을 쥐는 것과 동시에, 키리츠구는 자동기계 같은 속도로 문언을 외웠다.

"세이버, 창고로 돌아가라! 지금 당장!"

키리츠구의 손등에 새겨져 있던 영주 한 획이, 지금 어마어마한 마력을 각성시키며 눈부신 빛을 내뿜었다.

세이버로서는 전혀 생각지도 못한 완벽한 기습이었다.

곧바로 이해했던 것은, 자신이 뭔가 강렬한 마술의 대상이 되었다는 사실. 그다음 순간, 이미 그녀는 주위의 공간인식을 완전히 박탈당하고 위도 아래도 방향도 알 수 없는 '이동' 의 한가운데에 내던져져 있었다.

그야말로 그것은 '서번트를 지배한다' 라는 점에만 특화한 극한의 주법呪法이 이뤄 내는 기술이었다. 인과율을 붕괴시키기 직전의 극한속도. 광속의 수 퍼센트에 이르는 '순간' 중에 그녀는 공간상의 거리를 돌파하고 다른 두 점 사이의 이동을 완료하고 있었다.

그렇다고 해도, 그녀도 역시 '투쟁' 에 특화된 검의 영령이자 초월자다. 버스 정류장의 벤치에서 전혀 다른 장소로 '날려진' 직후이면서도 그곳이 낯익은 창고 안이라고 판별할 수 있었던 그 시점에서, 지금의 괴이 현상이 키리츠구의 영주에 의한 강권 발동이었던 것, 그리고 서번트를 방어거점으로 급히 보내야만 할 정도의 사태가 발생했다는 사정을 곧바로 이해했다. 공간돌파가 끝나고 창고 바닥에 착지할 때까지의 몇 천분의 1초 사이에, 세이버는 위장용 슈트 차림에서 은색 갑옷으로 이미 모습을 바꾸고 있었다.

사태는… 이미 누구에게 물을 것도 없이 일목요연했다.

무시무시한 힘에 의해 박살 난 철문. 마법진 위에 누워 있었을 아이리스필의 모습은 온데간데없고, 대신 온몸이 피에 물든 히사우 마이야의 몸이 마치 버려진 물건처럼 바닥에 내동댕이쳐져 있다.

"마이야!"

달려간 세이버는 그녀의 깊은 상처에 미간을 좁혔다. 아인츠베른의 숲에서 입었던 대미지에 비할 바가 아니다. 지금 당장 응급처치를 하지 않으면 목숨이 위험한 중상이다.

반짝이는 서번트의 영기를 가까이에서 느꼈는지, 마이야가 게슴츠레하게 눈을 떴다.

"세, 이…버…?"

"마이야, 정신 차리세요! 지금 바로 응급처치를 하겠습니다. 이제 괜찮을…."

그러나 자신에게 내밀어진 세이버의 손을 마이야는 거부하듯이 밀어냈다.

"어서… 밖으로…… 쫓아, 가세, 요…. 라이더가…… 마담, 을…."

"……!"

세이버는 영주로 날려졌을 때보다 그런 마이야의 반응에 훨씬 놀랐다.

자신의 깊은 상처를 자각하지 못할 마이야가 아닐 것이다. 자신이 생사의 갈림길에 있음을 충분히 이해하고 있을 것이다. 그렇지만 과묵한 암살자의 조수는 그보다 우선 끌려간 아이리스필을 구하라고 재촉하고 있다.

"하지만 그래서는…."

대답하려고 하다가 세이버는 깨달았다.

이 여자 역시 기사인 것이다. 긍지의 형태는 다를지언정, 그 몸에 짊어진 책무를 위해 목숨조차 내던지는 담력은 세이버가 아는 기사도의 그것이다.

이 창고에 감춘 귀인을 지켜 내겠노라고 히사우 마이야는 키리츠구에게, 그리고 아이리스필 본인에게 맹세했던 것이리라. 지키지 못한 그 약속을 세이버에게 맡기기 위해, 지금 그녀는 여기서 목숨을 걸고 있다.

"…저는, 괜찮, 습니다……. 곧, 키리츠구가… 그러니까…… 어서……."

세이버는 이를 악물고 눈을 질끈 감았다.

이론적으로만 따진다면, 지금 여기서 세이버가 마이야를 돌보며 소비하는 1분 1초는 그대로 아이리스필의 궁지로 이어진다.

마이야는 뒤따라오고 있을 키리츠구에 의해 목숨을 구할 가능성이 아직 있다. 그러나 끌려간 아이리스필의 명운은 지금 당장 세이버가 뒤쫓지 않으면 아무런 보증도 없다. 창고에 남겨진 습격의 흔적을 보면 그것이 서번트의 짓임은 명백했다. 그를 추격하는 것은 같은 서번트인 세이버만이 가능하다.

"마이야, 부디 키리츠구가 올 때까지 버텨 내세요. 아이리스필은 반드시 제가…."

마이야는 끄덕이고 안도한 듯이 눈을 감았다.

그녀의 맹세를 새로운 맹세의 말로 인계한 세이버는, 그 이상 망설이지 않았다.

바람처럼 창고에서 뛰어나오자마자 그대로 땅을 박차고 단숨에 지붕으로 올라, 저물어 가는 하늘 저편에 있을 적의 모습을 찾는다.

영주의 강권에 의한 이동이 한순간이었던 만큼, 습격자가 이 자리를 떠난 뒤의 시간 차는 거의 전무할 것이다. 아직 그리 멀리 가지는 못했다. 기척을 감지할 수 있는 거리 밖으로 나갔더라도 아직 눈으로 볼 수 있는 범위 안에 있을 것이다.

기와 지붕 위에서 서번트의 초시력으로 주위를 둘러본 세이버는, 찾을 것도 없이 바로 적의 모습을 확보했다.

거리로는 오백 미터 정도. 상점가로 생각되는 구획의 임대 빌딩 옥상에 그 위용은 멈춰 서 있었다. 다부진 체격에 불타오르는 듯한 곱슬머리와 심홍의 망토. 그것은 몇 번이나 전장에서 마주쳤던 라이더, 정복왕 이스칸다르가 틀림없다.

'설마, 정말로 라이더가?!'

방금 전 마이야의 목격담을 듣고도 세이버는 그 부분만큼은 의심을 품었다.

대담함이 장점인 저 정복왕이 설마 이런 고식적인 수단에 호소하다니, 좀처럼 믿을 수 없는 일이었다. 그러나 저편의 거한이 그 우람한 팔뚝 안에 잠자는 아이리스필의 몸을 안고 있는 광경은 착각할 여지없이 분명한 현실이다. 어떻게 해서 세이버 진영의 새로운 은신처를 간파했는지는 확실치 않지만, 지금 이곳을 습격해서 마이야에게 중상을 입힌 것은 저 라이더가 틀림없다.

마치 추격을 유도하는 것처럼 당당하게 몸을 드러내고 있던 라이더는, 세이버의 시선을 받자마자 몸을 돌려 건물 너머로 모습을 감추었다.

"큭…!"

곧바로 쫓으려고 자세를 잡던 세이버는 거기서 상대가 다름 아닌 '기병의 영령'이란 사실에 혀를 찼다.

이대로 도약해서 거리를 달려 쫓아가는 것은 간단하다. 그러나 그것은 상대가 세이버와 마찬가지로 보행할 경우의 이야기다. 도중에 라이더가 '신위의 차륜—고르디아스 휠'을 타고 도망치기 시작하면 아무리 세이버의 각력이라고 해도 승산은 없다.

그러나 세이버도 기승 스킬은 장비하고 있다. 하늘을 나는 보구를 쫓아서 목적지를 알아내려면 순간적인 스피드보다도 장거리 순항속도에서 두 다리를 능가하는 기동력이 필요하다.

메르세데스 벤츠밖에 없었던 예전이라면 도저히 따라잡을 수 없다고 비관했겠지만, 다행인지 불행인지 세이버에게는 어제 마이야에게 건네받은 새로운 '기마'가 준비되어 있다.

그 선견지명에 한해서만은 에미야 키리츠구에게 감사하며, 세이버는 몸을 돌려 기승에 방해가 되는 마력갑주를 해제하고 폐가의 정원에 세워 두었던 '그것'에 올라탔다.

에미야 키리츠구는 사신死神의 기척에 민감했다.

이미 헤아릴 수 없을 정도로 수많은 사람의 죽음을 지켜봐 온 탓일지도 모른다. 눈에 보이지 않고 소리도 들리지 않는, 신체에서 생명이 빠져나가는 순간을 기다리고 있는 **뭔가**가 가까이에 있으면 어째서인지는 모르지만 그 사실을 알아차릴 수 있다.

특히 승리에 의기양양해하는 **녀석들**의 '환희'를 느낄 때는 이미 어찌할 수도 없는 생명의 끝을, 손쓸 때를 놓친 누군가를 간호할 때다.

그래서 키리츠구는 창고의 정적을 앞두고 멈춰 선 그 순간, 이미 마음속 어딘가에서 체념하고 있었다.

분명히 또다시 나는, 여기서 누군가의 최후를 지켜보게 될 것이라고.

캘리코 단기관총을 허리춤에 댄 자세로 쥐고, 살짝 발소리를 죽이며 철문이 부서진 창고 안으로 발을 들인다. 살의도 그 이외의 위험한 기척도 없다. 피 냄새로 가득 찬 공기에서는 이미 싸움의 여열은 싸늘히 식어 있다.

바닥에 웅크리고 있는 작은 형체의 너무나 얇은 호흡에도, 몸

하나 꿈쩍이지 않고 식어 가는 체온에도 놀라움 따윈 품지 않았다.

그것은 언젠가 보게 될 것이라는 걸 알고 있었던 광경이다.

원래부터 목숨밖에 구해 줄 수 없었던 소녀였다. 키리츠구와 만난 시점에서 이미 그녀의 마음은 죽어 있었다. 네이팜 탄과 초연의 세례 속에서 살아남은 목숨이면서도, 그녀는 그 행운에 오히려 당황하고 있었다.

다시 사람으로서 살아가는 것에 이미 아무런 가치도 기쁨도 느끼지 않는다.

그러니 건져진 목숨은 건진 자의 손에 맡기겠다고, 죽은 눈을 한 소녀는 키리츠구에게 고했다. 그것이 11년 전의 만남이다.

키리츠구도 그것을 받아들였다.

머지않아 이 소녀는 죽는다고, 확신처럼 예측할 수 있었다. 자신을 낳아 준 부모도 키워 준 부모도, 모두 그 손으로 죽여 왔던 키리츠구다. 그런 자신의 곁에서 시중을 들게 되면 언젠가 그녀도 죽음으로 몰아넣게 될 거라고 예상하고 있었다.

하지만 그래도 **도구**는 많이 있어서 나쁠 것 없다. 언젠가 그녀 한 사람을 써 버리는 것으로 두 명, 혹은 그 이상의 목숨을 구할 수 있는 국면이 있다면 오히려 바람직한 결말이라고…. 그런 생각에 키리츠구는 소녀에게 이름과 국적을 주고, 그의 기술과 지식도 나눠 주었다. 그것이 히사우 마이야라고 하는, 말로가 결정지어진 존재의 시작이었다.

그렇기에 지금 이곳에는 상실도 한탄도 있을 수 없다. 그것이 도리다. 당연한 귀결이다.

그런데도 어째서 무릎이 떨리는 것일까. 숨이 막히는 것일까.

안아 일으키자, 마이야는 살며시 눈꺼풀을 들어 올리고 공허한 시선을 이리저리 돌리더니 키리츠구의 얼굴을 인식했다.

"⋯⋯."

어떤 말을 해야 좋을지 알 수 없어서 키리츠구는 당황스러움에 입술을 깨물었다.

감사의 말도 공로를 치하하는 말도 그저 무의미한 수사일 뿐이다. 지금 이 자리에서 다소나마 의미를 가진 말이 있다면 '너는 여기서 죽는다'라고, 그 결론을 고해 주는 것뿐이다.

더 이상 임무도 역할도 없다고. 아무것도 걱정할 필요가 없다고.

정말로 그녀를 단순한 '도구'라고 보아 왔다면, 키리츠구는 그렇게 말할 수 있었을 것이다.

"⋯⋯."

그런데도 잠겨 버린 목에서는 한마디의 말도 나오지 않는다. 그저 멍청히, 꼴사납게 입술만이 경련하고 있다.

마이야는 그런 키리츠구의 얼굴을 올려다보고는 살며시 고개를 저었다.

"……안 돼요. 울면….'"

"……."

지적받을 때까지, 키리츠구는 눈꼬리에서 넘쳐흐르려 하고 있던 눈물을 깨닫지 못했다.

"그건… 부인을 위해서, 아껴 줘요. ……여기서 울면, 안 돼요…. 당신, 약하니까. 지금은 아직… 부서지면, 안 돼…….'"

"나는…."

뭔가를 치명적으로 착각했다. 이제 와서 새삼스레 키리츠구는 그렇게 통감했다.

어떤 결과를 얻을 것인가에 따라 도구로 써 버릴 수 있는 목숨이라고, 에미야 키리츠구가 그랬던 것처럼 히사우 마이야도 그럴 거라고, 어째서 그런 자기중심적인 판단을 오늘까지 믿고 있을 수 있었던 걸까.

이런 자신에게 지금 이런 말을 할 수 있는 여자라면.

그녀에게는 좀 더 다른 삶이, 다른 죽음이 있을 수 있지 않았을까.

"아침에, 간신히… 옛날의, 키리츠구가, 되었으니까…… 이런 일로, 흔들리면, 안 돼요….'"

"……!"

그 말 그대로였다. 이 장소에서 다른 여자를 똑같이 안아 올리면서, 에미야 키리츠구는 자신의 비인간적인 면을 확인했다.

그 일그러짐이야말로 조리를 뒤엎을 것이라고.

올바른 모습으로는 결코 이룰 수 없는 기적을 이룰 것이라고.

그렇게 자신을 훈계했다. 고작 반나절밖에 지나지 않았다.

"…안심해라, 마이야."

빛을 잃어 가는 두 눈동자를 응시하며, 키리츠구는 낮게 억누른 목소리로 고했다.

"뒷일은 세이버에게 맡겨라. 마이야, 너의 임무는… 끝났다."

그녀라고 하는 기능을 잃어도 에미야 키리츠구라는 장치는 지장 없이 가동한다고 보증했다.

그러니까 이제 무리해서 계속 숨 쉴 필요는 없다고.

아픔을 참을 필요도 없고 사고를 유지할 필요도 없이, 모든 것을 놓고 가도 괜찮다고.

그저 냉혹하기만 한 그 선언에 히사우 마이야는 살며시 한 번, 고개를 끄덕였다.

"마이야…"

대답은 없다.

정정도 부정도 유언도 모두 이미 늦었다. 키리츠구의 팔 안에 있는 것은 이미 더 이상 차가워질 수도 없는, 단순한 시체에 지나지 않았다.

라이더가 도망치는 방향은 신도심 방면이었다.

높은 곳에서 높은 곳으로 뛰어서 이동하고 있는지, 임대 빌딩이나 광고탑 위에 나타났다가 사라지는 뒷모습을 세이버는 반복해서 발견할 수 있었다. 몸을 숨기는 데 신경 쓰지 않는 것은 추적하는 세이버의 각력을 완전히 얕보고 있기 때문일까.

그렇다면 그것은 오산이다.

끓어오르는 투지와 함께 세이버가 해방한 스로틀에 응하며, 쌍륜의 맹수는 용맹스런 노호를 토해 낸다. V형 4기통 1400cc 엔진이 내뿜는 굉음은 그야말로 강철의 사자, 사납게 날뛰는 흉포한 대형 육식동물의 그것처럼 어두운 밤 속에 쩌렁쩌렁 울려 퍼진다.

세이버의 기승 스킬을 최대한으로 발휘할 목적으로 에미야 키리츠구가 준비한 기동수단은 4륜이 아닌 2륜이었다. 시트 안에서 안전벨트에 묶인 채로 '조종'에 전념하는 자동차보다, 자신이 차체의 일부가 되어 중심을 제어하고 바깥바람에 몸을 노출시킨 채로 '기승'하는 오토바이야말로 서번트로서 강화된 스킬의 진가를 최대한으로 발휘할 수 있다고 보았기 때문이다.

물론 초현실적 존재인 서번트가 운용하는 것이 대전제인 이상, 그 성능은 인간으로서의 한계를 도외시한 것이어도 상관없다. 원래대로라면 실용성이 전무하다고 일소에 부쳐질 페이퍼 플랜의 차체구성을, 키리츠구는 일부러 실행에 옮기고 있었다.

베이스가 된 차체는 현 시점에서 최강의 몬스터 머신이라 여겨지는 YAMAHA VMAX. 원래부터 140마력의 출력을 뿜어내는 1200cc엔진을 보어 업bore up한 데다 흡기계통과 트윈터보 차저, 그것에 동반되는 구동계통을 전면적으로 강화해서 최종적으로 출력 250마력을 상회하는 비정상적인 괴물로 변모시킨 것이 지금 세이버가 모는 백은의 기마였다.

물론 이렇게까지 한도 이상의 개조를 실시하면 이미 2륜차로서의 구조상, 제대로 된 주행을 바랄 수 없다. 막대한 토크를 감당하지 못한 타이어는 노면을 붙잡지 못하고 스핀할 뿐이고, 막상 제대로 그립하면 순식간에 앞바퀴를 들어 올리며 탑승자를 떨어뜨리게 된다.

이미 물리적으로 다룰 수 없을 괴마怪馬를 지금 세이버가 완벽하게 제어하에 두고 질주시킬 수 있었던 것은 그녀가 아끼는 전투 스킬인 마력방출 덕분이었다. 세이버의 등 뒤에서 뿜어져 나오는 마력의 분류는, 몸 아래에서 미쳐 날뛰는 차체를 억지로 노면에 밀착시키고 그 마력 전부를 스티어링에 따른 가속에만 동원하고 있었다.

이미 기교에 의한 조작이라기보다 우격다짐으로 맹수를 깔아 누르고 있는 것이나 마찬가지였다. 안 그래도 왜소한 체구의 세이버에게 있어서 300킬로그램이 넘는 거대한 초중량 바이크는 제대로 된 조종 자세를 잡기도 힘들게 만들었다. 더미탱크에 덮여 있는 엔진 위에 납작 엎드리는 것이나 다를 바 없는 자세가 되어, 핸들을 쥐고 대배기량 엔진의 거센 진동을 온몸으로 받아내는 그 모습은 그야말로 맹수의 등에 필사적으로 달라붙는 어린아이 같았다.

그러나 세이버는 그 시련을 괴로워하지 않았다. 오히려 거대한 강철의 짐승이 날뛰면 날뛸수록 그녀 안의 흥분도 가속되어가는 느낌이었다.

메르세데스를 몰았을 때와는 비교도 되지 않는 질주감. 그렇다, 이 감각은 틀림없이 말 위에서 느끼던 그것이다.

현대과학의 정수인 몬스터 머신을 몰면서도 지금 그녀의 정신은 그리운 전장으로, 창을 들고 적진으로 돌격하는 기병의 혼으로 바뀌어 있었다.

'이 성능이라면, 어쩌면⋯.'

앞서 가는 라이더와의 거리가 서서히 벌어져 간다. 건물에서 건물로 도약하며 이동하는 상대를 길을 따라가며 추적할 수밖에 없는 상황 때문이다.

하지만 초조해할 필요는 없다. 확실히 순간적인 가속과 톱 스피드에서 서번트의 민첩성은 VMAX조차 능가할 것이다. 하지만 강철의 기구는 연료가 있는 한 그 구동속도를 유지할 수 있다. 장시간의 추격전이 되었을 때, 그것이 의미하는 바는 크다.

미야마초의 복잡한 도로는 땅을 달리며 추적하는 측에게 커다란 족쇄다. 게다가 극한의 가속력을 추구하며 풀 튜닝된 VMAX

의 주행특성은 드래그 레이스 사양이나 마찬가지라, 선회성 따위는 전혀 없는 것이나 마찬가지다. 그러나 '빠르면 커브를 돌 수 없다'라는 순리조차 서번트의 실력 앞에서는 의미를 갖지 않는다.

이미 머신의 특성을 파악한 세이버는, 커브에 접어들 때마다 감속하기는커녕 오히려 스로틀을 개방해서 더 많은 토크를 뒷바퀴에 쏟아붓는다. 그렇게 해서 차체의 중량까지도 뒤엎는 급가속이 앞바퀴를 들뜨게 만든 그 틈에, 순간적인 마력방출로 무리하게 차체를 기울였다. 그런 식으로 세이버는 파괴적인 직진을 억지로 비틀어 가며 방향을 전환해 나갔다.

라이더는 이미 미온 강을 건너 신도심으로 들어간 것인지 그 모습이 보이지 않는다. 그러나 세이버는 당황하지 않고 앞길의 하늘에 시선을 던진다.

쫓아오는 세이버가 결코 포기하지 않을 것이라고 이미 라이더는 단단히 각오하고 있는 것이리라. 지금 아이리스필을 안아 운반하고 있는 그는 영체화해서 몸을 감출 수 없다. 신도심으로 도망쳐 들어간 시점에서 라이더가 취할 수 있는 선택지는 그대로 몸을 숨겨서 추적을 따돌리든가, 혹은 '신위의 차륜—고르디아스 휠'을 타고 단숨에 거리를 벌리든가 둘 중의 하나다. 라이더의 성격을 염두에 둔다면 아마도 후자일 것이라고 세이버는 짐작하고 있었다. 그렇다면 모습을 잃어버리더라도 초조해할 필요는 없다. 그만큼 막대한 마력을 발하는 비행도구라면 결코 세이버의 시력에서 달아날 수 없다.

'문제는 지상에서 쫓는 것의 불리함인데….'

일단 '신위의 차륜─고르디아스 휠'이 나온다면, 그다음은 비행 방향을 보고 목적지를 추측해서 착지점을 예상하고 이동하게 될 것이다. 조종기술의 경쟁이라기보다 사냥꾼으로서의 추적술이 요구되게 된다.

불가능한 속도와 움직임으로 앞서 가는 차 사이를 빠져나가는 VMAX의 폭주를, 길을 가는 모두가 경악하며 바라본다. 그런 시선을 개의치 않고 세이버는 머리 위의 색적에 의식을 집중하고 있었다. 앞길을 막는 장애물은 기류의 흐름만으로 탐지할 수 있다. 설령 눈을 감고서 조종하더라도 충돌할 걱정은 없다.

'…찾았다!'

맹금류의 시력과 동등한 세이버의 영감이, 끝내 하늘을 달리는 마력의 파동을 감지해 냈다. 사람의 눈을 꺼려서인지 번갯불을 흩뿌리지도 않고 속도도 이전보다 억제하고 있지만, 틀림없이 저것은 라이더의 보구의 반응이다.

방향은 서쪽. 아무래도 신도심을 빠져나와 후유키 바깥으로 도망쳐 나갈 심산인 듯하다.

오히려 다행이라고 세이버는 판단했다. 그렇다면 이쪽도 도로폭이 넓은 국도 위에서 머신의 가속력을 마음껏 발휘할 수 있다.

브로드브리지를 단숨에 지나서 그대로 6차선 대로에 접어든 세이버는, 다시 대담하게 스로틀을 개방하고 VMAX를 더욱 세차게 몰았다.

쉴 새 없이 몰아치는 탑승자의 구사에 태코미터가 6000회전을 넘고, 그 순간 엔진음이 예상 밖의 변모를 이루었다.

노도의 폭음이던 중저음의 울림이 갑자기 귀를 찌를 정도의 강렬한 고음역으로 튀어 오르고, 보다 흉포하고 맹렬하게 밤공기를 찢으며 요란하게 울려 퍼진다. 그때까지와는 차원이 다른 맹렬한 가속이 차체와 함께 세이버를 탄환으로 바꾸고, 주위의 밤하늘을 유성처럼 등 뒤로 날려 보낸다.

그것은 그야말로 강철의 맹수 안에 숨겨져 있던 진정한 마성이 각성한 순간이었다. 엔지니어링 설계의 순수한 폭거인 V부스트 기구. 고회전역에 달한 시점에서 4기통 구조의 엔진이 2기통의 거동을 모방하며 흡기량을 단숨에 증폭시켜 극한의 가속을 얻는다는 VMAX이기에 가능한 특이구조다. 원래대로라면 트윈터보와 조합시킬 수 없는 구조로, 이 설계는 오토바이로서의 범주를 완전히 일탈하는 것이다.

이미 수압이나 다를 바 없는 공기저항에 노출된 채 필사적으로 차체를 유지하면서도, 세이버는 자신만만한 미소를 짓지 않을 수 없었다.

이 차량은 명백히 기계의 기본원칙인 '인간의 도구'로서의 영역 밖에 있다. 그야말로 과학의 영지가 낳은 괴물이다. 그 고독함, 슬픔에 동정을 넘어선 공감까지 품었다.

이것의 진가를 완전히 발휘하게 해 줄 수 있는 것은 인간이 아닌 존재인 서번트밖에 없다. 분명 오늘 밤 고삐를 쥔 세이버를 태우고 지상을 달리기 위해서 **이 녀석**은 이 세상에 태어난 것이다.

"좋아. 완전히 불타서 재만 남을 때까지 달려 주마!"

굉풍 속에서 중얼거리며 세이버는 다시 스로틀을 활짝 개방했다. 속도계의 바늘은 이미 시속 300킬로미터를 넘었고, 계속해서 조금씩 금단의 영역으로 기어 올라간다.

지상을 달리는 빛 같은 헤드라이트의 빛줄기는 아득히 높은 위치에서도 보였다.

"이봐, 라이더. 저거… 우리들을 쫓아오는 거 아니야?"

먼저 그것을 눈치챈 웨이버가 마부석 아래를 가리켰다. 마스터의 지적에 눈길을 돌린 라이더는 자그마한 놀라움에 눈썹을 치켜세웠다.

"호오? 누구인가 했더니 세이버인가. 이건 찾을 수고를 덜었군. …그렇다기보다 꼬마, 오토바이라는 탈것은 저렇게나 빠른 물건이냐?"

"오토바이? 저게?"

웨이버의 시력으로는 빛의 점으로밖에 보이지 않는 그것은, 어떻게 생각해도 그의 상식의 범위 안에서 이해할 수 있는 이륜차의 속도가 아니었다.

"아니, 저런 건 말도 안 돼…. 하지만 세이버 클래스라면 나름대로의 기승 스킬을 발휘할 테니, 그렇게 생각하면 있을 수 없는 일은 아닐지도 몰라…."

"호오, 하필이면 '기병' 으로서 짐에게 도전해 온 건가."

라이더는 자못 통쾌하다는 듯이 사나운 미소를 흘렸다.

"흐흥, 재미있군. 녀석 쪽에서 제 발로 찾아온 이상, 그 기묘한 숲 속의 성까지 갈 필요도 없어졌는데…. 그렇게 되었다면 짐 쪽에서도 저쪽에 상응하는 모습으로 임해야만 하겠군."

그렇게 말하고서 라이더는 신우의 고삐를 당겨서 단숨에 전차의 고도를 떨어뜨렸다.

"내, 내려가려는 거야?!"

"생각이 바뀌었다. 저 계집애와는 평범하게 '차륜' 으로 승부를 내겠다. 이 앞의 숲을 빠져나가면 나름대로 길고 폭넓은 길이 이어지고 있었지. 후후후, 안성맞춤인 코스다!"

상대의 머리 위에 있다는 우위를 간단히 내버리고 적의 기준에 맞추는 거냐고 항의하려다가, 웨이버는 그저께 봤던 '약속된 승리의 검—엑스칼리버' 의 위력을 떠올린다. 세이버의 보구 특성을 돌아보면 오히려 거리가 벌어져 있는 쪽이 위험하다. 적이 지닌 보구의 파괴력이 오히려 문제가 될 만한 접근전을 시도하는 쪽이 확실히 위험이 적다.

"좋아, 그래도 좋아. 좋지만 신중하게 하라고!"

"핫핫핫! 꼬마도 이제야 투쟁의 묘미란 걸 알았나 보군. 뭐, 걱정 마라! 하늘에도 땅에도 내 질주를 막을 것은 없다!"

다행히도 눈 아래의 국도에 일반차량의 모습은 없다. 구불구불 이어지는 아스팔트 도로가 이제부터 초현실의 전장이 되더라도, 자칫 관계없는 자가 말려들 걱정은 없어 보인다.

서서히 육박해 오는 세이버의 200미터 남짓 앞. 드디어 착지한 '신위의 차륜—고르디아스 휠'은 오만하게 노면을 차면서 도전자의 추격에 응하기 시작했다.

신도심 상공에 나타난 라이더의 비행보구와 그것을 포착한 세이버의 진로변경을, 까마득히 높은 빌딩 위에서 지켜보는 세 개의 시선이 있었다.

만족스러워 보이는 두 눈동자가 한 명. 몹시 지친 외눈이 한 명. 나머지 한 명은… 광기에 탁해진 시뻘건 안광을 정말로 인간의 시선으로 세어도 되는 것일까.

"설마 진짜 라이더가 나타날 줄이야…. 정말 딱 좋은 전개다. 마토 카리야, 너는 전장에서 늘 행운이 함께하는구나."

빈정거림을 담아 큰소리치고서, 코토미네 키레이는 옆에 서 있는 카리야의 어깨를 두드리며 칭찬했다. 카리야는 그것을, 아직 무사한 오른쪽 눈으로 수상쩍은 듯 노려보았다.

"신부, 정말로 이런 잔재주에 영주를 두 개나 소비할 만한 의미가 있었나?"

두 획을 잃은 오른손의 영주를 불만스러운 듯 내려다보는 카리야에게, 키레이는 여전히 미소를 보냈다.

"걱정할 필요는 없다, 카리야. 나에게 협력하는 한, 자네는 아낌없이 영주를 낭비해도 상관없어. 자, 손을 내밀게."

키레이는 여위어 힘줄이 드러난 카리야의 오른손을 쥐더니,

낮게 성언을 외우며 영주의 잔재를 손가락으로 쓸었다. 그것만으로 소멸했던 영주가 곧바로 빛을 되찾으며 원래의 세 획의 형태로 복원되었다.

"당신, 정말로…."

"말한 대로다. 카리야. 감독의 임무를 물려받은 나는, 교회가 보관하는 영주를 임의로 재분배할 권한이 있다."

"……."

상대의 진의를 파악하지 못한 카리야는 똑바로 키레이를 응시한 뒤에 한숨과 함께 자신의 서번트를 흘끗 바라보았다.

그의 등 뒤에 서 있는 거체는 서번트 라이더, 정복왕 이스칸다르의 그것이었다. 붉은색 망토와 붉은 곱슬머리도, 하늘을 찌를 듯한 다부진 체격도…. 그 전부가 조금 전에 세이버와 함께 후유키 교외로 달려간 전차의 탑승자와 한 치도 다르지 않다. 유일한 차이는 원한에 끓어오르는 듯 붉게 타오르는 기분 나쁜 두 눈동자…. 이것만큼은 잘못 볼 수도 없는, 광화한 서번트가 보이는 증표다.

그 굳센 팔뚝에 안겨 있는 것은 지금도 의식을 잃은 채로 혼수상태에 빠져 있는 아이리스필의 가느다란 몸이었다. 이쪽의 '라이더'가 히사우 마이야가 지키는 창고에서 '성배의 수호자'를 납치하고 세이버의 추격을 신도심까지 유도해 온 당사자인 것이다.

"…이젠 됐다, 버서커."

카리야가 고개를 끄덕이자, 정복왕의 거구는 불타오르듯이 칠흑의 안개로 변해 무너져 내리고 흉측한 갑주의 모습으로 돌아왔다. 라이더의 겉모습을 모사하고 있던 어둠의 영기는 그대로 팔다리에 달라붙어 검은 갑옷의 세부를 뿌옇게 은폐한다.

본래의 모습을 되찾은 버서커의 모습에 키레이는 다시 한 번 신음했다.

"변신능력이라…. 정말이지, 버서커 클래스에는 아까운 보구를 갖고 있군."

"원래부터 이 녀석은 타인을 가장해서 무용을 펼친 일화를 몇 개나 가지고 있는 영령이니까. 광화한 탓에 지금은 단순한 '위장' 의 능력으로 열화劣化되었지만."

버서커가 온몸에 두르고 있는 검은 안개는, 원래대로라면 용모나 스테이터스를 은폐하는 효과뿐만 아니라 임의의 인물의 모습까지 모방해서 적의 눈을 속일 수 있는 능력까지 갖추고 있었다. 버서커로서 이성을 박탈당한 뒤에는 발휘할 수 없는 능력이었지만, 카리야는 그것을 단 한 번 가능한 영주에 의해 억지로 재현해서 라이더의 모습으로 위장시켰던 것이다.

"ar⋯⋯ur⋯⋯."

광기의 흑기사는 세이버를 태운 채로 서쪽으로 멀어져 가는 헤드라이트의 빛줄기를 지금도 원망스러운 듯 바라보고 있다.

끓어오르는 증오에 어깨가 떨려서 달각달각하고 갑옷을 삐걱거리게 하고 있지만 그 이상의 거동은 할 수 없었다. 그것은 카리야가 행사했던 제2의 영주, '아이리스필을 납치해서 세이버로부터 도망쳐라' 라는 절대명령에 의한 속박이다. 세이버에 대해 비정상적인 집착을 보이는 버서커를 생각대로 움직이려면, 그런 강권으로 묶인 지시를 내릴 수밖에 없었다. 그것은 버서커에게 상당히 견디기 힘든 족쇄였는지, 지령을 완수한 지금도 검은 기사는 부서진 기계장치처럼 사지를 경련시키며 집요하게 저항을 계속하고 있다.

그 집념에 등줄기가 서늘해진 카리야는, 또 제어할 수 없게 되는 폭주에 빠지기 전에 거의 강제로 버서커에게 보내는 마력공급을 끊었다. 현계를 유지할 수 있을 만큼의 마력을 잃은 서번트는 곧바로 영체로 돌아가고, 자신을 지지해 주던 것을 잃은 아이리스필의 몸은 옥상 바닥으로 아무렇게나 내던져진다. 그 충격에 잠들어 있는 호문쿨루스는 괴로운 듯 작은 신음을 흘리지만 여전히 눈을 뜨지는 않는다. 휴식을 취하던 마법진에서 강제로 끌려나온 것 때문에 아이리스필의 의식은 더욱 희박해진 것이리라.

"이 여자가 정말로 '성배의 그릇' 인가?"

"정확히는 이 인형의 '내용물' 이 그러하겠지. 앞으로 한두 명의 서번트가 더 탈락하면 정체를 드러낼 거야. …성배를 강령시키는 의식의 준비는 이쪽에서 맡겠다. 그 사이에 이 여자의 신병은 내가 맡아 두지."

이완된 여자의 몸을 짊어지는 사제복의 남자에게, 카리야는 여전히 말없는 힐문의 시선을 보낸다. 그 시선을 받고 있는 키레이는 여전히 여유로운 미소를 보일 뿐이었다.

"걱정하지 마라. 성배는 약속대로 자네에게 넘기지. 나에게는 원망기 따윌 구할 이유가 없으니까."

"그 이전에 또 하나, 당신은 나에게 약속했을 텐데. 신부."

"아아, 그것 말인가. 아무 문제없어. 오늘 밤 0시에 교회를 방문하면 된다. 거기서 토오사카 토키오미와 대면할 수 있도록 이미 준비는 끝마쳐 두었어."

"……."

대체 이 신부는 무엇을 꾸미고 있는 거지? 전혀 알 수 없는 그 진의가 마토 카리야의 마음속을 술렁이게 했다.

한 번은 토오사카 토키오미에게 사사했으면서도 성배전쟁에 참가하기 위해 결별하고 마스터가 되었다는 만만찮은 인물. 하지만 지난번 성배전쟁에도 참가했던 마토 가에서는 이미 토오사카 가와 성당교회의 유착을 파악하고 있었다. 그렇다면 감독의 아들이기도 했던 이 대행자가 토오사카의 하수인으로서 어새신을 소환했으리라는 것은 거의 자명한 일이었다.

그런 그가 오늘 낮에 갑자기 마토 저택의 문을 두드리고 협력을 요청했던 것이다. 그가 말하길, 감독이었던 코토미네 리세이의 죽음은 토오사카에 책임이 있으며 아들인 자신은 아버지의 원수를 갚기 위해 마토의 손을 빌려서 토키오미를 처단하고 싶다고 한다.

의심스러운 말이라는 것은 잘 알고 있었지만, 코토미네 키레이가 제시한 조건은 카리야에게 있어 너무나도 구미가 당기는 것이었다.

토키오미를 함정에 빠뜨릴 계획뿐만 아니라 '성배의 그릇'을 맡고 있는 아인츠베른의 잠복장소 또한 알아냈으며, 감독의 관리하에 있던 보관영주까지 몰래 계승하고 있다는 이 남자. 그는 성배전쟁의 후반전에서 사용할 수 있는 모든 비장의 카드를 손안에 넣고 있는 것이나 마찬가지였다.

버서커라는 폭탄을 안고, 아군조차 신용할 수 없는 고립무원 상태인 카리야의 입장에서 그 조력은 천군만마와도 같았다. 다만 그것은 코토미네 키레이라는 남자의 언질을 전부 그대로 믿어도 될 경우의 이야기다.

지금 이렇게 아인츠베른의 호문쿨루스를 확보하고 소비한 영주까지 아낌없이 제공받고 있으면서도, 여전히 카리야는 눈앞의 신부가 느긋하게 짓고 있는 미소를 완전히 신용하지 못하고 있었다.

이 남자의 태도에는 노골적인 여유가 있다. 그것은 결정적인

비책을 쥐고 있다는 자신감이 드러난 것인지도 모른다. 하지만 그것뿐이라고 판단하기에는, 그에게는 싸움에 임한다는 위기감과 책략을 펼친다는 긴장감이 너무 결여되어 있는 것이 아닐까.

굳이 말하자면 저 미소는 오히려 유희를 즐기고 있는 어린아이에 가깝다. 은사에게 등을 돌리고, 아버지의 적을 친다는 명목으로 같이 싸우는 이 상황을 저 신부는 '즐기고' 있는 것은 아닐까….

"둘이 같이 있는 모습이 다른 사람의 눈에 띄는 것은 좋지 않아. 우선은 카리야, 자네 먼저 돌아가도록 해."

"…당신은?"

"사소한 일이긴 하지만, 아직 이 자리에서 마쳐야 할 용건이 남아 있어. 잊지 마라, 카리야. 오늘 밤 0시다. 그곳에서 너의 비원은 성취된다."

신부는 마치 그 전말에 카리야 자신보다 기대를 걸고 있다는 듯한 말투로 못을 박았다. 카리야는 다시 한 번 그 미소를 불신의 시선으로 노려보고, 천천히 등을 돌려 옥상 승강구로 향했다.

동맹자가 떠나가는 발소리에 코토미네 키레이는 방심 없는 눈빛으로 귀를 기울이고, 이윽고 그것이 완전히 사라진 것을 확인하고 난 뒤에 다시 옥상 구석, 비바람에 노출된 폐자재가 방치된 한쪽 구석으로 시선을 던졌다.

"다른 사람은 물러가게 했다. 누구인지는 모르지만 슬슬 모습을 드러내는 게 어떤가?"

불문곡직하는 위압을 담은 목소리에 흥이 깨질 정도의 침묵이 잠시 흐른 뒤, 이윽고 기분 나쁘게 삐걱거리는 듯한 웃음소리가 차갑게 밤공기에 섞여 들었다.

"후후, 눈치채고 있었나. 역시나 역전의 대행자. 카리야 따위 와는 달리 감이 아주 날카롭구먼."

그늘에서 스르륵 하고 부정형의 그림자가 떠오른다. 그것을 언뜻 본 키레이는 어째서인지 그것을 무시무시하게 밀집된 벌레의 대군으로 착각했다. 그러나 달빛은 곧바로 착각을 떨쳐 내고, 깡마르고 왜소한 체구의 노인이 조용히 걸어오는 모습을 드러내고 있었다.

"걱정 마라, 대행자. 나는 적이 아니다. 지금 너와 같은 편인 애송이의 가족이거든."

그런 식으로 자기소개를 할 만한 인물이라면, 키레이에게 짚이는 인물은 한 명밖에 없다.

"마토, 조켄…?"

"그렇다. 내 이름을 알고 있다니, 토오사카의 젊은 친구도 제자에게 예의범절을 잘 가르치고 있구먼."

노마술사는 주름으로 메워진 입술을 일그러뜨리며 히죽, 하고 인간 같지 않은 미소를 흘렸다.

×   ×

　언덕길에 자리 잡은 농후한 어둠은 이미 해 질 녘의 그것이 아
닌 밤의 것이었다.

　먹물처럼 끈적끈적하게 앞길을 가로막는 암흑을, 헤드라이트
의 빛줄기로 찢으면서 세이버는 강철의 맹수를 몰았다.

　이 길은 아인츠베른의 성까지 왕복할 때에 한 번 사용했던 적
이 있다. 갈 때는 아이리스필의 운전으로, 올 때는 세이버 자신
이 메르세데스의 핸들을 쥐고 길을 확인했다. 단 한 번의 왕복이
었다고 해도 세이버에게는 그것으로 충분했다. 서번트의 탁월한
기억력으로 그녀는 도로의 폭이나 경사의 완급부터 코너링의 타
이밍에 이르기까지 모든 것을 상세히 기억해 낼 수 있다.

　조금 전에 라이더의 '신위의 차륜—고르디아스 휠'이 고도를
낮추고 저 멀리 전방의 도로 위에 착지하는 것을 세이버는 눈으
로 보았다. 무슨 생각인지 정복왕은 이 상황에서 단순히 도주하
는 것이 아니라, 지상을 달리는 기마 경쟁으로 세이버의 도전에
응할 생각인 듯했다.

　그 사내다운 의기는 아이리스필의 신병을 확보한다는 책략과
는 도저히 양립할 수 없는 것처럼 보였지만, 그 부분은 라이더와

그 마스터 간의 의견이 맞지 않는 것인지도 모른다. 계약에 속박된 서번트의 행동이 종종 많은 모순을 내포한 결과를 초래하는 경우는 드물지 않다. 그것은 다름 아닌 세이버 자신이 에미야 키리츠구와의 불화를 통해서 진절머리 날 정도로 느끼고 있었다.

대결 국면에서 라이더가 그 나름의 고집을 관철해 준 것은 세이버에게도 몹시 기쁜 일이었다. 이 정도의 고속 추격전을 벌이는 두 기병 사이에는 천하의 키리츠구라도 끼어들 방법이 없을 것이다. 더 이상 바랄 것 없는 상황이다.

문제는… 쥐고 있는 핸들의 진동을 통해 똑똑히 전해져 오는, 위태롭게 덜컹거리는 감촉이었다.

인간의 손으로 만든 기계장치라는 점에서 VMAX는 충분하고도 남을 정도의 건투를 하고 있다. 하지만 안타깝게도 앞서 가는 표적은 조리의 밖에 있는 질주보구다. 탑승자인 세이버의 능력에 의해 마성을 끌어낸 상태라고는 해도, 당연히 그 재질과 구조의 강도에는 한도가 있다.

시내에서 이곳에 이르기까지 계속 한계성능을 발휘해 온 엔진과 구동계는 드디어 붕괴 징후를 보이기 시작하고 있었다. 타고 있는 기계의 컨디션을 자기 육체의 일부분처럼 파악할 수 있는 세이버의 기승 스킬은, 임계에 달한 고통의 소리를 똑똑히 듣고 있었다.

'이대로는 위험해….'

차체의 부담을 고려해서 감속하는 것은 논외이지만, 이대로 무리한 구동을 계속 유지하다가는 앞으로 몇 분도 버티지 못하고 이 오토바이는 분해되어 버릴 것이다. 어떻게든 해서 차체를 보강할 계획을 세우지 않는 한….

곧바로 머릿속에 번뜩인 대처법은 당사자인 세이버 자신에게도 가부의 판단이 서지 않았지만, 이미 망설일 여유도 없었다. 세이버는 결심하고, 서번트로서 받은 자신의 가능성에 모든 것을 걸었다.

전투 시에 그녀의 온몸을 덮는 백은의 갑주. 그 형태에 자신의 몸이 아니라 VMAX의 차체 구조를 강하게 떠올리며 중첩시킨다. 싸움에 임할 때 애마를 보호하는 마갑馬甲의 이미지. 기승 스킬에 의한 일체감을 바탕으로, 이번에야말로 이 말없는 강철의 맹수를 자신의 수족으로 인식한다….

이윽고 엮여 나온 그녀의 마력은 VMAX의 각 부위, 한도를 넘은 주행의 응력이 집중되는 요소를 감싸듯이 구현화하며 단단히 보강하기 시작했다.

'…좋았어!'

예상 밖의 응용이었지만 세이버의 기승 스킬은 멋지게 그 신기를 이뤄 냈다. 새롭게 빛나는 강철의 외장을 두른 VMAX의 형태는 기묘하면서도 장려하다. 그 괴물 같은 마력에 굴하지 않는 굳센 차체를 손에 넣음으로써, 기계장치의 사자는 이번에야말로 진정한 마수가 되어 배기가스의 포효를 드높이 울렸다.

이어서 세이버는 '풍왕결계—인비저블 에어'를 화살촉 모양으로 앞을 향해 펼쳐서 차체 정면을 덮었다. 압축된 기압의 우산에 의해 완전한 공력 특성을 얻은 VMAX는, 드디어 공기저항에서도 해방되었다.

속도계의 바늘은 이미 끝까지 다 돌아가서 무용지물이 된 상태다. 세이버의 마력 구사로 물리법칙을 넘은 그 질주는, 이미 시속 400킬로미터를 넘어서고 있다. 거기에 마력방출에 의한 압박으로 뒷바퀴를 강제로 아스팔트에 밀어붙인 채, 세이버는 커브에서도 스로틀을 전혀 풀지 않고 엎어누르는 듯한 행온hang on으로 코너링을 돌파해 간다.

이거라면 할 수 있다…. 간신히 승기를 손에 쥐고 세이버는 분기奮起한다.

앞서 가는 '신위의 차륜—고르디아스 휠'과의 거리는 조금씩이지만 착실히 좁혀져 가고, 단순한 광점으로밖에 보이지 않았던 그 모습도 지금은 전기를 흩뿌리며 맹회전하는 바퀴의 모습이 또렷하게 보인다.

한편, 착지한 이후로 계속 마부석에서 뒤쪽만을 바라보고 있던 웨이버는, 맹렬하게 쫓아오는 헤드라이트의 기세에 숨을 삼키고 당황하며 라이더의 망토를 잡아당겼다.

"라이더, 이대로는 따라잡히고 말겠어! 이봐, 제대로 뒤를 보는 거냐고, 멍청아!"

초조함을 드러내는 웨이버의 목소리에 라이더는 코웃음을 쳤다. 기병의 클래스를 얻고 현계한 영령인 그는, 이미 돌아보지 않아도 육박해 오는 세이버의 기백을 생생히 느낄 수 있었다.

"세이버 놈. 단순한 기계장치로 저 정도의 질주를 하다니, 우선은 훌륭하다고 칭찬해 주마. 하지만…."

큰소리치면서도 라이더는 타고난 사나운 미소로 입가를 일그러뜨렸다.

"공교롭게도 이쪽은 **전차**라서 말이야. 그냥 예의 바른 경주를 하지는 않을 거라고."

그리고 라이더는 거대한 차체를 옆으로 미끄러뜨리며 단숨에 갓길로 붙기 시작했다.

사이즈에서 대형 트럭도 능가하는 '신위의 차륜―고르디아스 휠'의 바퀴 양쪽 측면에는 흉측한 호를 그리며 뻗어 나온 커다란 낫이 고정되어 있다. 그리고 지금 라이더가 질주하는 국도 좌우에는 도로를 덮을 듯이 울창하게 우거진 원생림이 있었다. 포장도로의 경계 아슬아슬하게까지 바퀴를 붙이면, 당연히 낫의 날은 빽빽이 서 있는 나무들 가운데로 들이밀어지게 되고….

"짐의 '뒤를 따른다'는 것은 이런 거다, 세이버!"

전기를 띤 바퀴가 가드레일을 종잇장처럼 짓밟아 부수고, 난폭한 벌채를 개시한다.

굵직한 나무줄기라도 시속 400킬로미터 남짓한 속도를 유지하며 질주하는 두껍고 커다란 낫 앞에서는 대팻밥이나 마찬가지다. 순식간에 박살 난 나무줄기는 전부 크게 휘어진 채 튕겨 나가며 닥치는 대로 허공으로 말려 올라간다. 마치 체인 톱이 톱밥을 흩뿌리는 양상을 수백 배 키워 놓은 듯한 악몽 같은 경관이 구현되었다.

그 어마어마한 파괴에 세이버는 숨을 삼킨다.

"큭…!"

위로 던져진 수많은 나무들이 싸라기눈처럼 쏟아지는 곳은 당연히 뒤따르는 세이버의 머리 위다. 직격했을 때는 물론이고, 지금의 주행속도라면 스쳐서 핸들이 뒤틀리기만 해도 틀림없이 죽음으로 이어진다.

감속은 있을 수 없다. 물러서서 지나 보낼 수 있는 시련이 아니다. 활로는 단 하나, 돌파뿐이다.

각오한 세이버는 쏟아지는 나무들 한복판으로 과감하게 파고들었다.

눈사태처럼 쏟아졌다가 노면에서 튀어 오르며 난무하는 강하물. 그 틈새를 VMAX는 아슬아슬하게 뱀처럼 궤도를 틀면서 빠져나간다. 브레이킹은 어리석은 짓이라고 판단한 세이버는, 가속에 의해 떠오른 앞바퀴를 그대로 치켜들어 윌리를 한 채로 마력방출에 의한 자세 제어를 유지하며 극한의 조종술을 선보였다. 너무나도 화려한 그 쌍륜의 연무에 지켜보던 웨이버는 공포조차 잊고 눈길을 빼앗겼고, 라이더는 희열에 가득 찬 커다란 웃음을 터뜨렸다.

"후하하하핫! 좋다! 그래야 이름 높은 기사의 왕이지! 네놈은 정말 전장의 꽃이로구나!"

웃으면서도 라이더의 전차는 기민하게 옆으로 궤도를 미끄러뜨리며 다음 채벌 대상을 향해 다가간다.

"자, 계속 간다. 나무 다음에는 돌의 비다!"

큰 낫의 칼날이 다음 먹잇감으로 삼은 것은, 갓길의 경사면을 덮고 있던 콘크리트 블록이었다. 나뭇가지와는 비교도 되지 않는 강도와 밀도를 자랑하는 돌의 벽을, 낫의 칼날은 용서 없이 분쇄해서 돌 조각을 세이버의 앞길에 비말처럼 흩뿌린다.

나무 부스러기보다 더욱 치명적인 돌무더기 세례. 하지만 그것을 응시하며 돌진하는 세이버의 입가는 이때, 건방진 미소를 짓고 있기까지 했다.

"얕보지 마라, 정복왕!"

돌의 비를 나무의 비보다 위협으로 보는 것은 어디까지나 '맞았을 때'의 이야기다. 애초부터 모든 것을 피할 각오라면, 불이 쏟아지든 화살이 쏟아지든 마찬가지. 세이버는 전폭적으로 신뢰하는 VMAX의 구동륜에 승기를 걸고, 용맹하며 화려한 핸들링으로 콘크리트 파편들의 틈새로 밀고 들어간다.

오히려 경사면의 포장에까지 큰 낫을 휘두른 것으로 인해 라이더의 전차는 가속력을 잃었다. 나무보다 훨씬 단단한 콘크리트 블록의 절삭은, 제아무리 신우의 말발굽이라도 무시할 수 없는 저항이 되었던 것이다.

세이버의 육감이 절묘한 승기의 도래를 예감한다. 이제부터 몇 번의 공격을 실수 없이 피해 나간 뒤에는 틀림없이 기사회생의 찬스가 있다고….

경사면 꼭대기 부근에서 무너진 한층 거대한 콘크리트 덩어리가 VMAX의 앞길로 굴러 떨어진다. 폭도 길이도 2미터를 가볍게 넘는 편평한 덩어리는, 마치 돌로 된 칸막이 같았다.

세이버는 정면의 진로를 가로막은 그것을 흔들림 없는 시선으로 응시하며, 피하지 않고 일직선으로 VMAX를 돌진시키면서 '풍왕결계—인비저블 에어'를 크게 치켜들었다.

"하아아아앗!!"

기합과 함께 혼신을 담아 휘두른 기압 덩어리의 일격은 마력 방출의 지원과 함께 묵직하고 격렬하게 콘크리트 덩어리를 강타하고, 몇 톤은 되어 보이는 그것을 부석浮石처럼 가볍게 공중으로 쳐올렸다. 소녀의 가느다란 팔로는 불가능했을 그 물리법칙에 대한 배신은, 그야말로 서번트이기에 이룰 수 있는 부조리다.

맹렬하게 회전하면서 다시 허공을 나는 콘크리트 덩어리는, 치명적인 포물선을 그린 끝에 앞서 가는 전차의 머리 위로 정확히 낙하한다. 동정을 부르는 웨이버의 비명에, 이번에야말로 라이더가 뒤돌아보았다. 뽑아 든 큐플리오트의 검을 치켜들고 둥근 눈을 크게 뜨며 머리 위의 커다란 덩어리를 응시한다.

"흐아아아앗!!"

힘 대결에는 지지 않겠다는 듯 호방하게 휘두른 강검의 일격이 콘크리트 덩어리를 직격한다. 다시 궤도가 틀어진 암반은 더욱 격렬히 선회하며 마치 회전 톱 같은 기세로 낙하하더니, 전차 뒤편의 노면에 깊이 박혔다.

그 모습을 본 세이버의 온몸에 전류 같은 계시啓示가 퍼졌다.

아스팔트를 도려낸 콘크리트 칸막이. 평평한 표면을 위로 향한 상태에, 얕게 박힌 각도는 약 30도 남짓. 미래예지와 동등한 전투 직감이 읽어 낸 승리의 열쇠가 그곳에 있었다.

'지금이다!'

핸들을 쥔 오른손 엄지 아래에는 아까부터 계속 의식해 온 버튼 하나가 있다. 기승 스킬을 발휘해서 VMAX를 몰고 있는 세이버는 그 버튼의 '기능'을 모르지만, 그 버튼의 '역할'은 알고 있었다. 그것이 이 강철의 야생마에게 감춰진 비밀 중의 비밀, 마지막 비장의 무기가 틀림없을 것이라고.

주저 없이 세이버는 그 붉은 버튼을 끝까지 눌렀고, 쌍륜의 맹수가 끝내 역린의 포효를 발한다.

맹렬히 회전하는 엔진 내부. 기화 연료가 충만한 피스톤 내부로 분무된 니트로 옥사이드 가스가 300도의 작열에 팽창하고, 그 출력을 금단의 영역으로 돌파시킨다. 5할 증가된 급가속에 휘말린 VMAX의 돌진은 이미 질주라는 이름의 포학暴虐이었다. 극한의 가속을 얻은 차체를 간신히 제어하면서, 세이버의 스티어링이 노린 것은 지금 눈앞에 갑작스레 출현한 경사로였다.

비명 같은 소리를 내며 콘크리트 파편 위를 밟는 바퀴. 그리고 위를 향해 뛰어오른 차체를, 미쳐 날뛰는 뒷바퀴의 토크가 강력한 힘으로 인정사정없이 허공으로 밀어 올린다. 중력의 멍에조차 차 버리고 저 하늘 높이….

그것은 라이더에게 그야말로 예상도 하지 못한 기습이었다. 지금까지 하늘이 자기 것인 양 공중을 날던 그가, 설마 자기 머리 위에 나는 적을 올려다보게 될 줄이야.

전차의 속도가 떨어진 그 틈에 VMAX의 니트로 차저에 의한 최대 가속, 거기에 우연의 산물인 점프대까지 이용하여 세이버는 드디어 라이더를 자신의 검이 닿는 거리 안에 들였다. 게다가 포지션은 백병전에서 절대 우위인 적의 머리 위. 그야말로 승리의 여신이 검의 영령에게 약속한 필승의 찬스였다.

"라이더, 각오해라!"

그 순간 건곤일척의 기백으로 휘두른 '풍왕결계—인비저블 에어'가 아주 약간 주저했다.

그것에 응한 라이더가 애용하는 보검을 치켜든다. 격돌하는 칼날과 칼날. 위력에서는 위치적 우위를 점한 세이버가 우세했을 참격이었지만 결과는 반반의 길항으로 끝났다. '풍왕결계—인비저블 에어'는 라이더의 방어를 밀어내지 못하고 곧바로 튕겨졌다.

낙하하는 VMAX와 달려 나가는 '신위의 차륜—고르디아스 휠' 사이에 다시 칼날을 맞부딪칠 찬스는 없었다. 세이버는 마력방출로 곧바로 활공의 스피드를 억제하고 차체의 밸런스를 아슬아슬하게 복구하며, 간신히 뒷바퀴로 착지를 이루어 모든 충격을 타이어와 서스펜션으로 흡수시켰다.

필승의 호기를 놓친 세이버였지만, 그 가슴속을 어지럽히는 것은 그 사실과는 별개의 초조함이었다.

'아이리스필이… 없어?!'

결코 잘못 본 것이 아니다. VMAX를 도약시켜 드디어 가까이에서 본 라이더의 전차 마부석에는, 기수인 라이더 자신과 그 마스터밖에 없었다.

그렇다면 창고에서 끌려 나갔을 아이리스필은 어디에?

세이버는 풀 브레이킹으로 300킬로그램이 넘는 차체를 억누르고, 노면에 타이어를 미끄러뜨리면서 미쳐 날뛰는 두 바퀴를 정지시켰다. 이제까지 망설임 없이 라이더의 추격에 전념해 왔지만, 이 상황에 이르러 세이버의 가슴속은 의심으로 가득 찼다.

애초에 라이더는 어디를 향해 달리고 있었지?

시가지에서 서쪽으로 빠져나가는 이 국도… 그 끝에는 아인츠베른의 숲이 있다. 한 번은 라이더도 술통을 겨드랑이에 끼고 찾아왔던 그 길이다. 아이리스필을 납치한 뒤에, 그는 일부러 적의 영토로 향하는 도주로를 선택했다는 말인가?

세이버는 차가운 초조함에 이를 악물었다.

애초에 이것이 **도주가 아니었다**면?

라이더의 마스터는 어떻게 해서 미야마초의 그 창고를 알았는가. 그렇다, 알 수 있을 리 없다. 라이더 진영은 아인츠베른 세력이 거점을 바꾼 것을 모른다. 지금도 세이버 일행이 숲의 성에 있다고 믿고, 고지식하게 정면으로 공략할 심산으로 밤하늘을 전차로 달리고 있지 않았던가.

그렇다면 창고에 있던 마이야와 아이리스필을 습격하고 데려간 것은?

진상은 여전히 보이지 않지만, 속았다는 예감만은 확신이 되어 세이버의 가슴을 태우고 있었다. 세이버가 라이더를 따라잡으려고 애쓰는 사이에, 정복왕에게 누명을 씌운 진짜 하수인은 아이리스필을 수중에 넣은 채로 그대로 도망친 것이리라.

이런 곳에 있을 상황이 아니다. 즉시 신도심으로 돌아가서 아이리스필을 찾아야만 한다.

허나 그렇게 판단하면서도 세이버는 움직일 수 없었다. 폭풍의 기척에 긴장한 몸은, 쓸데없는 거동을 일절 허락하지 않고 지금 눈앞에 있는 위협만을 주시하며 자세를 잡고 있다.

약 100미터 남짓한 거리를 사이에 두고 라이더의 전차도 정지해 있었다. 게다가 그 방향은 **반전**되어 있다. 그때까지 눈길 한 번 주지 않으며 뒤따라오는 세이버에게 먼지를 뒤집어씌울 뿐이던 두 마리의 신우가, 그리고 전장의 공열恭悅에 끓는 정복왕의 두 눈동자가 꿰뚫을 듯이 세이버를 응시하고 있다.

이미 추량할 것도 없이 그 의도는 역연했다. 라이더는 공격해 올 생각이다.

라이더 자신까지도 끌어들여 미끼로 삼은 음모의 존재 따위, 원래부터 안중에도 없다. 한 번 공격받았으면 맞받아칠 뿐이라고, 다음은 정복왕이 위세를 보일 차례라고 마음먹고 있다.

원래부터 라이더가 세이버에게 도전할 목적으로 서쪽을 향해 달리고 있었다고 한다면, 덫에 걸린 세이버와 달리 이 상황에는 아무런 불만도 없을 것이다.

때문에. 지금 여기서 라이더를 내버려 두고 후유키로 돌아가려 한다는 것은, 지금부터 날아올 라이더의 일격을 무방비한 등으로 받게 됨을 의미하고 있었다.

여기서 결정지을 수밖에 없다. 이미 선택의 여지없이 받아들일 수밖에 없게 된 결판의 순간을 앞에 두고, 칼자루를 쥐는 세이버의 장갑이 끼긱 하고 긴박한 소리를 냈다.

'신위의 차륜—고르디아스 휠'의 마부석에 웅크리고 있는 웨이버는, 옆에 우뚝 선 라이더의 투기가 지금 그야말로 최고조에 달했음을 느끼고 있었다.

정복왕이 응시하는 표적은 대충 100미터 남짓 전방. 아이들링 중인 대형 오토바이에 걸터앉은 채, 굳은 얼굴로 이곳을 응시해오는 세이버.

후유키 신도심부터 이곳까지 맹렬하게 라이더 일행을 추격해온 세이버가, 어째서 이제 와서 급정지했는지는 알 수 없다. 그러나 라이더는 추격자가 멈춰 선 것을 보더니, 그대로 달려서 거리를 벌리지 않고 곧바로 전차에 급제동을 걸어 반전시키고는 이렇게 정면으로 대치하는 구도로 만들었다. 당연하다면 당연한 이야기다. 라이더의 목적은 처음부터 세이버와의 대결이었다. 상대가 추격을 포기한다면, 물론 그다음은 이쪽에서 공격할 차례다.

하지만 미숙하나마 마스터의 역할을 맡고 있는 웨이버는 따끔거리는 듯한 초조함에 이를 악물었다.

이 거리, 이 위치 관계는 명백히 위험하다.

미온 강에서 캐스터를 처치한 세이버의 보구. '약속된 승리의 검—엑스칼리버'를 한 번 본 뒤라면 이 자리에서의 추세를 확실히 알 수 있다. 차폐물 없는 일직선 도로. 주위의 누군가가 말려들 걱정도 없다. 게다가 서로 정지하고 마주 보고 있다. 이 상황은 그야말로 세이버가 지닌 보구의 독무대다.

그 정도는 전투에 능숙한 라이더라면 이해하고 있을 것이다. 그도 역시 미온 강에서 세이버가 구사하는 보구의 위력을 보았다. 확실히 이성을 의심할 언동은 많지만, 군략軍略에서 이 서번트가 잘못 판단할 일은 결코 없다.

'신위의 차륜—고르디아스 휠' 의 기동력을 최대로 발휘할 수 있는 질주 중이라면 혹시나 회피할 가능성도 있을 것이다. 그런데도 어째서 라이더는 스스로 각력의 우위를 버리면서까지 여기서 세이버와 대치하는 것을 선택했는가.

"저기, 이봐. 라이더…."

"응. 그래도 짐의 마스터인 네놈에게는 일단 여기서 말해 둬야만 하겠군."

웨이버의 의문을 꿰뚫어 보았는지 라이더는 불손한 미소를 지은 채로, 그래도 시선만은 세이버에게서 떼지 않고 옆에 있는 소년에게 말을 걸었다.

"이제부터 짐은 성배를 노리는 필승을 제쳐 두고, 조금 커다란 도박에 나선다. 영주로 말리려 한다면 지금뿐이다."

"……."

이 오만한 서번트의 성격을 안다면, 그것이 얼마나 중대한 발언인지 이해할 수 있다.

라이더는 지금 자신이 하려는 일이, 이성이 있는 마스터라면 당연히 영주로 저지할 정도로 무모하기 짝이 없는 짓임을 알면서도 시도하려는 것인가.

"너… 정말로 여기서 공격할 셈이야? **이 거리에서? 정면으로?**"

"강에서 봤던 빛의 검. 세이버가 자세를 잡고 나서 그것을 발동시키기 전에 짐의 '신위의 차륜—고르디아스 휠'이 이 거리를 달려 도달할 수 있는가 없는가, 하는 승부다."

웨이버는 낯빛을 잃은 채로 다시 피아의 거리를 추량한다.

아슬아슬하다. 너무나도 **아슬아슬**하다.

기억 속에 있는 세이버의 보구 발동까지의 시간 차와 라이더가 모는 보구의 가속력. 어느 쪽을 돌아봐도 전혀 가부를 측정할 수 없다. 지금 양자가 대치하고 있는 간격은 그야말로 **그런 거리**였다.

"…승산은 있는 거야? 라이더."

"뭐, 반반이지."

어디까지나 당당하고 느긋하게, 정복왕은 단언한다. 군사 전략을 지휘하는 자에게 가장 무겁고 괴로운 숫자를.

이길 수 있는 확률이 절반이라면 나머지 절반은 곧 패배다. 동전의 앞뒤로 생사를 점치는 것이나 마찬가지다. 그런 것은 결코 '전략'이 아니다. 굳이 말하자면 '고육지책'일 것이다. 그것 이외에 일절 활로가 없다는 국면 외에는 떠올릴 수 없는 우행이다.

"너는 왜… 그런 터무니없는 짓을 하려는 거야?"

"터무니없는 짓이기 때문이지."

그렇게 큰소리치고 사납게 미소 짓는 서번트의 눈빛은 어디까지나 '승리'만을, 겨우 5할밖에 되지 않는 불확실한 미래를 응시하고 있다.

"이 정도로 팽팽한 상황에서 도전을 받는다면, 패배한 쪽은 그야말로 아무런 핑계도 체면도 차릴 수 없다. 틀림없는 '완패'다. 저 되바라진 계집애도 자랑하는 검이 설마 이 거리에서 짓밟혀 꺾이리라고는 생각하지 않겠지. 그런 모습으로 이 정복왕에게 완패하면, 저 녀석도 이번에야말로 자신의 어리석음을 황송하게 여기며 새롭게 짐의 막하에 들어올 생각이 들지도 모른다."

"……."

미간에 주름을 잡으면서, 웨이버는 탄식할 수밖에 없었다.

결국은 그건가. 성배를 둘러싼 싸움보다도 그들 영령에게는 긍지를 건 싸움이 더욱 중요하다는 것인가.

"…너, 그렇게까지 해서 세이버를 얻고 싶은 거야?"

"그럼, 얻고 싶고말고."

아무런 부끄러움도 없이 라이더는 끄덕였다.

"전장에서 저것은 틀림없는 지상의 별이다. 이상적인 왕이 어떻고 하는 헛소리 따윌 지껄이게 하는 것보다는, 짐의 군세에 들어오는 편이 진정한 광채를 발할 수 있을 거다."

그런 식으로 이 패왕은 과거에 수없이 많은 제후와 무장을 쓰러뜨리고는, 그 권위에도 재력에도 눈길조차 주지 않고 상대의 '혼' 자체를 부하로 삼아 왔던 것이리라.

그렇기에, 정복왕.

멸하지 않고, 폄하하지 않고, 막아서는 적을 제패한다. 그것이야말로 그가 쟁취해야 할 승리의 형태다.

우연히 성배를 통해 연을 맺은 계약자, 마스터 따위가 어떻게 그 시비를 물을 수 있단 말인가.

"…하고 싶은 대로 해, 라이더. 네 방식으로 이기면 돼."

포기와도 비슷한 한숨과 함께, 웨이버는 내뱉었다.

자포자기가 아니다. 꼬박 하루 동안 취한 휴식으로 마력을 보충한 라이더에게, 지금 이 순간은 승부에 도전하기에 놓칠 수 없는 찬스다. 다음번에 세이버와 대치했을 때에 라이더의 컨디션이 지금보다 나은 상태로 유지되고 있으리라는 보증은 없다.

그렇다면 숫자상의 승률보다 라이더의 투지에 건다.

무리無理로 사리事理를 뒤엎는 정복왕에게 그 고집을 관철하게 한다면…. 지금 이치를 넘어선 그 전대미문의 시도에 진정한 승기가 있을 것이다.

굳은 얼굴로 자신의 의견을 밝힌 웨이버에게, 라이더는 어디까지나 유들유들하면서도 씩씩한 미소로 응했다.

"흐흥, 꼬마. 네놈도 드디어 '패覇'가 무엇인지를 알게 된 것 같구나."

그 자신은 허세가 아니다. 커다란 도박이라고 말하면서도, 다름 아닌 라이더 자신이 누구보다도 자신의 필승을 믿어 의심치 않고 있다.

"저 너머에야말로 영광이 있으리—토 필로티모. 이제 정복한다! 아득한 유린제패—비아 엑스푸그나티오!!"

드디어 해방된 진명에, 맹렬하게 전기를 뿜어내는 신우의 전차. 그 혈기 왕성한 울음소리는, 초전에서 버서커를 짓밟았을 때와 비교가 되지 않는다.

"바람이여!"

그것을 본 세이버도 풍압의 보호에서 자신의 보검을 해방한다.

휘몰아치는 회오리바람을 밀어내며 모습을 드러낸 황금의 광채는 눈부시게 빛을 불러들이고, 지금이야말로 기사의 왕인 자의 길을 보이려는 듯 마력을 끓게 한다.

"AAAALaLaLaLaLaie!!"

정복왕의 포효와 함께 아스팔트를 박차며 돌진하는 노도의 발굽. 웨이버는 그 패기에 압도되면서도, 이번에야말로 기절하지 않겠다며 필사적으로 눈을 크게 떴다. 그들이 돌진해 가는 방향에서 지금 당장이라도 발동되려는 최강의 대성보구, 그 빛보다 먼저 라이더의 질주가 세이버를 날려 버릴 순간을 결코 놓치지 않겠다며.

정면으로 대치하던 정복왕의 돌진에 세이버의 등줄기에 오한이 퍼진다. 100미터의 거리를 순식간에 주파하는 신우의 질주. 눈 한 번 깜짝하는 동안에 이미 '신위의 차륜—고르디아스 휠'의 위용은 쓰나미처럼 눈앞까지 육박해 왔다.

그러나 고귀한 보검의 칼자루가 그 손안에 있는 한, 자신의 필승에 의심은 없다. 휘두르는 황금의 광채에 외쳐야 할 진명은 단 하나.

"약속된…."

사납게 달리는 뇌신의 화신이 지금 그야말로 세이버의 왜소한 몸을 그 발굽으로 짓밟으려고 하는 찰나.

"승리의 검—엑스칼리버!"

혜성처럼 뿜어져 나가는 금색 섬광이 모든 어둠을 밝게 반전시킨다.

"…윽!"

시야를 태우며 앗아 가는 그 광채에 자기도 모르게 눈을 돌려 버린 웨이버는, 격렬한 충격 속에 아주 냉정한 사고로 이해했다.

세이버가 구사하는 보구의 빛을 그 눈으로 봤다는 것은 즉… '신위의 차륜—고르디아스 휠'이 도달하기 전, 최후의 한 걸음을 남겨 둔 순간에 기사왕의 일격이 앞섰다는 결말.

하지만 그래도 어깨에 둘러진 굵은 팔뚝의 든든한 감촉은 사라지지 않는다. 패배를 깨달은 그 사고야말로 지금 자신이 살아서 의식을 유지하고 있음을 의미하고 있다.

조심조심 눈을 뜬 웨이버는, 그곳에서 가차 없는 파괴의 흔적을 맞닥뜨렸다.

'약속된 승리의 검—엑스칼리버'의 일격은 노면의 포장을 순식간에 소멸시키고, 건너편의 나무들까지도 한순간에 날려 버리며 도로와 그 연장선상에 한일자의 상처를 새기고 있었다. 기화된 아스팔트의 악취가 코를 찌르는 그 한복판에 웨이버는 사지가 멀쩡한 채로 공중에 떠… 아니, 자신을 짊어진 거한의 어깨 위에 축 늘어져 있었다. 소년 마스터의 왜소한 몸을 작은 짐이라도 되는 듯이 안고 있는 것이 누구인지는 물론 확인할 것도 없었지만.

"이런…, 실수했구먼."

라이더는 자못 분하다는 듯 중얼거렸지만, 지금의 상황을 생각하면 그것은 정말 느긋하기 짝이 없는 말이었다.

겉으로 보기에 라이더도 상처는 없다. 그러나 그가 몰고 있던 전차와 고삐를 쥐고 있던 두 마리의 신우는 흔적도 없이 사라진 상태였다. 보구 '신위의 차륜—고르디아스 휠'은 '약속된 승리의 검—엑스칼리버'의 직격을 맞고, 캐스터의 해마와 마찬가지로 재도 남기지 않고 날아가 버린 것이다.

그런 생사의 기로에서, 위험이 닥치기 직전에 패배를 깨달은 라이더는 웨이버를 안고 마부석에서 뛰어내려 아슬아슬하게 대성보구의 화선火線에서 벗어난 것이다. 그렇게 구사일생으로 목숨을 건진 두 사람이었지만, 그래도 대가는 컸다. 이것으로 지금까지 라이더가 주력병기로 의지해 왔던 하늘을 달리는 전차를 잃고 말았다.

　하지만 아직 끝나지 않았다. 웨이버는 꺾이려 하던 실의를 곧바로 전의로 바꾸었다. '신위의 차륜—고르디아스 휠'을 빼앗기더라도, 정복왕의 비장의 카드는 따로 있다.

　"라이더! '왕의 군세—아이오니언 헤타이로이'를…"

　그렇게 말한 웨이버에게 라이더는 살짝, 그러나 단호하게 고개를 저었다. 휴식 중에 이야기한 후반전의 계획을, 지금도 정복왕은 뒤집을 생각이 없는 것이다. 세이버를 상대로 동원할 수 있는 것은 전차까지. 앞으로 한 번의 발동이 한계인 친위대의 소환은 어디까지나 아처와의 싸움을 위해 온존해 두어야 한다고.

　그러나 아무리 굳센 라이더라도 기동력을 잃고 백병전을 하게 되면, 이것은 명백히 세이버의 독무대다. 체격의 우열에서는 비교가 되지 않는 양자이지만, 그런 조리의 밖에 있는 것이 서번트 간의 싸움이다. 그 고상한 자태에도 불구하고 세이버가 얼마나 괴물 같은 전투능력을 자랑하는지, 웨이버는 오늘까지의 싸움을 통해 충분하고도 남을 정도로 잘 알고 있다.

물론 라이더도 그것은 마찬가지일 테지만, 그래도 정복왕은 두려움 없이 당당하게 큐플리오트의 검을 **빼** 든 채로 세이버와 대치하고서 물러설 기색 따위 일절 보이지 않는다.

그러나 서로를 매섭게 쏘아보는 일촉즉발의 상황에서 먼저 시선을 돌린 것은 세이버였다.

다시 바람을 두른 검을 집어넣더니, 그녀는 오토바이의 스로틀을 개방하고 공전하는 뒷바퀴를 미끄러뜨리며 단숨에 차체를 돌려서 라이더에게 등을 보였다. 그리고 빈틈을 치고 들 여유도 주지 않고 세이버는 오토바이의 뒷바퀴가 그립하는 것과 동시에 다시 급가속하며 맹렬한 배기음만을 남기고 단숨에 후유키 시가지를 향해 돌아갔다.

웨이버 일행에게는 뜻밖이었지만, 추격해 왔던 세이버로서는 이곳의 승부에 구애될 수 없는 사정이 있었다. 그녀를 라이더와의 교전으로 이끈 간계의 주인을 밝혀내고 그 손에서 아이리스필을 되찾기 위해서는, 설령 라이더와의 결판을 제쳐 두더라도 한시라도 빨리 퇴각해야만 했던 것이다.

앗, 하는 사이에 시야에서 사라지며 멀어져 가는 오토바이의 포효를, 남겨진 웨이버는 어안이 벙벙해진 채로 듣고 있었다. 그 용맹스러운 배기음에 귀를 기울이고 있던 라이더는, 으음, 하고 납득한 얼굴로 고개를 끄덕인다.

"오토바이라…. 흠, 저건 좋은 물건이로군."

"야, 너. 승부에서 진 뒤에 처음으로 하는 소리가 그거냐?"

싸움의 여운을 단숨에 날려 버리고 라이더에게 달려들던 웨이버는, 문득 중대한 사태를 깨닫고 초연해졌다.

"저기 말이야, 라이더…. 우리, 시내까지 어떻게 해서 돌아가야 하지?"

"그야, 뭐… 걸어갈 수밖에 없겠군."

"…그렇겠지."

어둠 속, 저 멀리에서 반짝이는 신도심의 빛을 바라보며 웨이버는 깊은 한숨을 내쉬었다.

마토 조켄.

이름밖에 모르는 마토 가의 흑막을 앞에 두고, 코토미네 키레이의 의식은 임전태세로 바뀌어 가고 있었다.

밤거리를 활기차게 밝히는 조명의 사각. 그곳에 교묘하게 서 있는 왜소한 인물의 형체. 노쇠한 용모와 반대로 그 정체가 얼마나 위험한 존재인지, 토키오미로부터 거듭해서 주의를 받았었다. 겉으로는 은거를 표명하고 있지만, 마도의 비술로 인간의 영역을 넘은 연명을 반복하며, 몇 대에 걸쳐 마토 가를 지배해 온괴인. 어떤 의미에서는 마스터인 카리야보다 훨씬 위험한 요주의 인물이다.

"코토미네 키레이. 그 고지식한 리세이 녀석의 아들이라고 하던데, 틀림없나?"

"그런데?"

갈라진 목소리가 질문하자 키레이는 수긍으로 응했다.

"흠. 의외로군. 개천에서 용 난다는 속담도 있지만, 설마 그 남자의 씨에서 이런 인물이 태어날 줄이야."

"용건은 뭐냐, 마토 조켄."

키레이는 도발을 단호히 무시하고 노마술사에게 질문했다.

"카리야 편일 네가, 어째서 그런 장소에 숨어서 엿보고 있었지?"

"별것 아니야. 아들의 앞길을 걱정하는 부모의 마음이지. 카리야 녀석이 어떠한 조력자를 얻었는지, 이 눈으로 직접 확인해 보고 싶어서 말이야."

마음씨 좋은 할아버지처럼 히죽이는 얼굴은, 해골처럼 말라붙은 풍모 안에서 명백히 이질적으로 느껴졌다. 본래 그런 미소는 지을 수 없는 구조의 얼굴이라는 기분이 든다.

"카리야에게 환심을 사기 위해 네가 늘어놓은 말은 하나도 남김없이 내 귀에도 들어왔다. 듣기론 너도 토오사카의 젊은 친구를 저세상 사람으로 만들 심산인가 보더군."

"그 말대로다. 그 남자는 내 아버지를…."

"그만, 그만. 두 번씩이나 헛소리를 들려줄 필요는 없다."

깊은 주름 속에 움푹 파인 시선이, 번뜩 하고 날카롭게 키레이를 꿰뚫는다.

"너무 영리하게 행동하고 있어, 코토미네 키레이. 너, 토오사카의 눈을 피해서 움직이고 있는 것치고는 너무 대담해. 애초에 토키오미를 저세상 사람으로 만들려고 생각한 시점에서, 너라면 카리야의 손 같은 걸 빌리지 않고도 충분히 목적을 달성할 수 있었을 거다. 나도 겉멋으로 나이를 먹은 것이 아니야. 카리야 같은 놈은 속일 수 있어도 내 눈까지는 못 속인다."

"……."

내심 이 노마술사에 대한 평가를 재확인하면서도, 키레이는 태연한 척했다.

"네놈의 노림수는 토오사카의 애송이 따위가 아니라 카리야 본인이겠지. 아니냐?"

"…거기까지 나를 의심한다면 어째서 카리야에게 충고하지 않지?"

끼긱끼긱 하고 삐걱이는 듯한, 마치 벌레의 무리가 우는 듯한 기분 나쁜 소리가 솟아났다. 잠시 후에 키레이는 그것이 이 노인이 소리 죽여 웃은 것이라는 걸 이해했다.

"그렇긴 하지. 뭐, 하잘 것 없는 호기심이라고 해야 할까. 네놈이 어떠한 농간을 부려서 카리야 녀석을 '붕괴'시킬 것인지, 나로서도 흥미로움을 감출 수 없어서 말이야."

그 말이 농담인지 진담인지, 키레이는 곧바로 판별할 수 없었다.

"…마토를 위해서 싸우는 카리야의 승기를, 빤히 알면서도 망쳐 놓겠다는 거냐? 조켄."

"카리야의? 승기라고? 카카카, 그런 건 처음부터 없었던 것이나 마찬가지야. 저런 쓰레기가 성배에 이르게 된다면, 과거 세 번의 사투가 말 그대로 우스꽝스러운 짓으로 전락하게 될 거라고."

"이해할 수 없는 이야기군. 마토는 성배에 비원을 거는 세 가문의 한 축이지 않았던가?"

키레이의 물음에 조켄은 코웃음을 쳤다.

"내 입장에서 말하자면, 토오사카의 애송이나 아인츠베른 녀석들이야말로 어리석기 짝이 없는 놈들이야. 예상 밖의 결과로 끝난 지난번 일을 제대로 기억하고 있다면, 이번의 네 번째 역시 **이상해질 것**은 당연할 터인데.

나는 말이다, 처음부터 이번 싸움은 눈치만 보기로 결심하고 있었다. 실제로 뚜껑을 열어 보니 캐스터가 그 꼬락서니더군. 명백히 영령과는 거리가 먼 악령 따위를 불러들인 것을 봐도, 성배전쟁의 시스템은 틀림없이 뭔가가 틀어지기 시작하고 있어. 우선은 그 정체를 밝혀내는 것이 중요하지."

"……."

아마도 이 인간의 지혜를 초월한 괴인은, 반복되는 성배전쟁 때마다 그 중심에 위치해 왔을 것이다. 그리고 지난번의 감독인 코토미네 리세이조차 알 수 없었던 **뭔가**를 마토 조켄은 파악하고 있었던 것이다.

"그러면 무엇을 위해 카리야와 버서커를 내보냈지? 그저 방관할 생각이었다면 어째서 서번트를 준비한 거냐?"

"아니, 뭐. 아무리 수상쩍다고 해도 모처럼 60년에 한 번 열리는 축제니까 말이야. 애송이 놈들의 장난을 먼발치에서 지켜보기만 해서는 재미가 없지. 나도 내 나름의 즐거움을 원하게 되기 마련 아닌가."

익살스러운 어조로 말하고 나서, 조켄은 더욱 일그러진 미소로 싱글벙글 웃었다.

"뭐, 물론 가령, 혹시라도 저 못난 놈이 성배를 가지고 온다면 그것보다 나은 결말은 없을 게야. 하지만 나는 참을성이 없거든. 배신자인 카리야 녀석이 고통스러워하는 모습은 정말이지… 아아, 아무리 봐도 질리지 않아. 카리야의 승리를 기원하고 싶은 마음도 있지만, 카리야의 무참한 말로를 지켜보고 싶은 유혹에도 저항하기 힘들어. 크크, 정말 망설이게 되는 상황이지."

조켄의 쉰 웃음소리가, 키레이에게는 그저 귀에 거슬릴 뿐이었다. 차라리 이 만남이 전장에서 이루어져서, 말뿐인 대화가 아니라 생사를 겨루는 상황으로 흘러갔더라면 얼마나 행복했을까. 상대가 위험하기 짝이 없는 마술사라는 것을 잘 알면서도 그렇게 생각했다. 그 정도로 키레이는 마토 조켄이라는 존재에게서 용인하기 힘든 뭔가를 느꼈다.

"네놈은… 육친의 고통을 보는 것이 그렇게 즐거운가?"

표정을 죽이고 묻는 키레이에게, 조켄은 놀리듯이 눈썹을 치켜세웠다.

"오오, 유감이로군. 오히려 너라면 내 기쁨을 이해해 줄 거라고 생각했는데."

"…뭐라고?"

"나는 이래 봬도 냄새를 잘 맡아. 코토미네 키레이, 너에게서는 나와 동류의 냄새가 난다. 카리야라는 썩은 고기의 감칠맛에 끌려서 기어 나온 구더기의 냄새가 말이야."

"……."

키레이는 입을 다문 채로 천천히 사제복의 소매에서 흑건을 뽑아 들었다.

이미 이론이 아닌 직감으로, 이 노마술사와는 죽느냐 죽이느냐의 결말밖에 없다는 것을 이해했기 때문이다. 지금 조켄은 그런 '거리' 까지 발을 들였다. 그것은 목숨을 건 상황에서의 절대영역, 급소를 도려내는 일격을 피하려면 반격하지 않을 수 없는 필살필지必殺必至의 선이었다. 마토 조켄은 그것을 넘어 들어왔다. 발이 아니라 말로써.

그러나 해방된 냉혹한 살의를 조켄은 여전히 태연하게 미소지으며 흘려 넘겼다.

"…호호오? 너무 높이 평가한 걸까. 나는 같은 기호를 지닌 친구를 얻게 된 줄로만 알았거늘. 자신의 짐승 같은 행위에 아직도 부끄러움이 남아 있는가. 카칵, 새파란 풋내기구나. 자위 같은 비밀스런 일에 열중하고 있는 기분이었나?"

시위도 경고도 할 생각은 없었다. 예비동작조차 엿보이지 않는 눈 깜짝할 사이에, 키레이는 손안에 든 흑건을 투척해서 노인의 왜소한 몸을 꿰뚫었다.

그렇다고 해도 칼날을 앞에 두고도 동요하지 않던 조켄의 여유는 과연 허세가 아니었다. 흑건의 칼날에 꿰뚫린 순간, 노마술사의 윤곽은 마치 진흙덩어리처럼 녹아내리고, 다시 그늘에 응어리진 정체불명의 그림자로 돌아가 버렸던 것이다.

경계심에 몸을 긴장시킨 키레이에게, 사뭇 즐거운 듯 속삭이는 소리가 어디서인지도 모르게 조롱을 보낸다.

「어이쿠. 무섭구먼, 무서워. 풋내기라고 해도 과연 교회의 개. 놀리려면 목숨을 걸어야 하는 건가.」

다음 흑건을 쥐면서, 키레이는 그림자 안에서 꿈틀거리는 것을 응시했다.

조금 전에 꿰뚫은 듯 보였던 마토 조켄의 육체는 환각의 일종인가. 어쩌면 마토 조켄의 육체에는 원래부터 윤곽이란 것이 존재하지 않는 게 아닐까. 노련한 마술사쯤 되면 어떠한 부조리도 있을 수 있다. 그런 것에 일일이 놀라고 있다가는 대행자 따윈 할 수 없다.

「크크. 또 언젠가 보게 될 거다, 애송이. 다음에 만날 때까지는 나와 당당히 맞설 수 있도록, 자신의 본성을 충분히 살찌워 두는 편이 좋을 게야. 크카카카카캇….」

기분 나쁜 웃음소리를 남기고 조켄의 기척은 어둠에 녹아들어 소실되었다. 뒤에는 칼날을 쥔 채로 허수아비처럼 서 있는 키레이만이 남겨졌다.

"......!"

키레이는 짜증이 난 나머지 갈 곳을 잃은 흑건을 옥상 바닥에 내리쳤다.

방금 전의 노인은 그야말로 과장 없는 진짜 괴물이었다. 이대로 살려 둬서는 안 된다.

언젠가 저세상으로 보내야만 하는 원수. 그는 마토 조켄을 두고 그렇게 확신했다.

×　　　×

깊어 가는 밤의 어둠을 가능한 한 의식하지 않겠다며, 오늘 밤도 마토 뱌쿠야는 알코올을 탐닉하고 있었다.

아무 일 없이 지나간 어젯밤의 평온도 지금 와서는 원망스럽다. 바람이 잔잔한 바다에는 나중에 반드시 거친 파도가 밀려온다. 분명히 불온한 침묵 속에 끝난 어제의 몫까지, 오늘 밤은 위험한 소동이 벌어질 것이 틀림없다.

연일 이 후유키 시를 위협하고 있는 밤의 실체를, 당연하지만 뱌쿠야는 알고 있다. 그는 유서 깊은 마토 가를 계승한 적자이자, 성배를 찾아 영원한 탐구에 나선 위대한 혈족의 후예다. 원래대로라면 이 피비린내 나는 싸움의 당사자 중 한 명으로 참가했을 입장이었다.

하지만 그런 책무에서 등을 돌리고 술에 절어 있는 자신을 뱌쿠야는 티끌만큼도 부끄러워하지 않는다. 오히려 동생인 카리야에 비하면 인간으로서 당연한 태도라고 가슴을 펴고 단언할 수 있었다.

의절당한 뒤로 오랫동안 마토 가와 단절되어 있던 카리야가, 어째서 뒤늦게 귀향해서 성배전쟁에 참가하려고 했는지 뱌쿠야는 이해할 수 없다. 이해하고 싶다고도 생각하지 않는다. 어찌 되었든 동생이 마음을 바꾸게 만든 사정에 대해서는 아무리 감사해도 모자랄 것이다. 그렇지 않았더라면 저런 꼴로 변해서 싸움에 내몰린 것은 뱌쿠야 쪽이었을지도 모르기 때문이다.

카리야가 소환진에서 불러내고 계약한 시커멓고 역겨운 원령의 모습을 떠올린다. 그때의 공포를 기억으로부터 멀어지게 만들려면, 그저 계속해서 술병을 비울 수밖에 없다.

저런 존재가 그 밖에도 여섯이 더 있으며, 지금도 이 밤의 어둠 속에서 서로를 잡아먹으면서 충돌하고 있다는 것을 알게 되면 제정신으로 있을 수 있는 쪽이 이상하다. 지금의 후유키는 그야말로 마계다. 그런 장소에서 평정을 유지하려고 생각한다면, 의지할 수 있는 것은 알코올 이외에 무엇이 있겠는가.

외아들인 신지愼二는 유학이라는 명목으로 외국에 내보냈다. 뱌쿠야로서도 지금의 후유키에 남는 것은 사실 거부하고 싶었다. 그러나 그에게는 이 마토 저택을 떠날 수 없는 이유가 있다. 토오사카로부터 양도받은 계집애를 지하의 벌레창고에서 조련하여 마토의 차기 당주에 어울리는 그릇으로 만들어 내는 것은 조켄에게 지시받은 중요한 역할이었다.

그렇다. 당대의 마토 가를 책임지고 있는 주인으로서, 뱌쿠야는 완벽하게 역할을 수행하고 있다. 애초에 이번 성배전쟁은 눈치만 보고 넘어간다는 것이 당초 조켄의 방침이었다. 어차피 카리야는 저 노마술사의 완구가 되어 있는 것에 지나지 않는다. 지금 마토의 정도正道를 밟고 있는 것은 뱌쿠야 쪽이다. 마술회로의 숫자 따윈 문제가 아니다. 설령 어린아이 한 명을 희롱하는 것 말곤 재능이 없는 몸이라고 해도, 진정으로 마토의 미래로 이어지는 길을 걷고 있는 것은 내 쪽이다….

그렇게 자기 자신을 위로하며 남동생을 비웃고 멸시한다. 그리고 또 한 모금, 뱌쿠야는 위장 안에 알코올을 부어 넣었다.

마토의 마술사가 된다는 것은, 즉 배후의 우두머리인 조켄의 꼭두각시가 된다는 것과 같은 의미다. 그것을 알고 한 번은 감쪽같이 도망쳤으면서도, 자기 발로 돌아와 각인충의 못자리가 된 카리야의 어리석기 짝이 없는 행동에 동정의 여지 따윈 한 조각도 없다. 원래부터 남동생에 대한 육친의 정 따윈 전무하다. 형보다 빼어난 재능을 가졌으면서도 마토 역대의 저주받은 숙명을 뱌쿠야 한 명에게 떠넘기고 나가 버린 그놈에게, 어째서 이제 와서 동정을 느낄 필요가 있는가.

아아, 어째서 오늘 밤은 이렇게나 졸음이 늦게 찾아오는 것일까. 평소처럼 얼른 잠 속에 굴러 떨어져 버리고 싶다. 술이 부족하다. 취기가 부족하다. 저택 밖에서 벌어지는 일 따위는 한시라도 빨리 망각하고, 날이 밝을 때까지의 시간을 건너뛸 수 있으면 좋을 텐데….

하지만 그 대신 뱌쿠야에게 뒤집어씌워진 것은, 테이블 위의 와인쿨러에 담겨 있던 얼음물이었다.

차가움에 괴로워하며 취기가 싹 가셔 버린 그 직후, 이번에는 가차 없는 충격이 광대뼈를 강타해서 뱌쿠야가 바닥의 카펫에 나동그라지게 만들었다.

공황상태에 빠진 뱌쿠야가 비명도 지르지 못하고 올려다본 그곳에는, 유령으로 착각할 만큼 음침하고 기분 나쁜 남자가 버티고 서 있었다.

더러움도 구겨짐도 신경 쓰지 않은 낡은 코트. 제대로 손질하지 않아 아무렇게나 난 수염. 겉모습만을 비교한다면 실내복 차림의 뱌쿠야보다는 그 남자가 변두리 술집의 취객처럼 보일 것이다. 하지만 눈빛만은 모든 것을 배반하고 있었다. 남자의 눈빛은 이미 냉혹함이나 비정함 같은 영역을 넘어서, 어쩐지 상처 입은 짐승 같은 망집의 살의에 얼어붙어 있었다. 그와 눈길을 마주친 직후에 뱌쿠야는 상대의 정체나 상황 이해를 전부 제쳐 둔 채, 그저 절망과 체념의 포로가 되고 말았다.

이 남자가 누구인지, 어떻게 저택 밖의 엄중한 방호결계를 돌파했는지 하는 것은 지금 와서는 아무런 상관도 없다. 지금 뱌쿠야의 눈앞에 있는 것은 그가 이 일주일 남짓한 기간 동안 술의 도움을 빌려서 한사코 멀리하려 했던 공포 자체가 틀림없었다.

"…아이리스필은 어디 있지?"

질문의 내용보다 먼저, 대답하지 못하면 죽는다는 확신에 가까운 이해가 뱌쿠야에게 찾아왔다. 그런 뒤에 간신히, 질문의 내용을 전혀 이해할 수 없음을 깨닫고 뱌쿠야는 구제할 수 없는 절망의 나락으로 굴러 떨어졌다.

"나, 나는, 나는…."

제대로 돌아가지 않는 혀를 굴리며 신음하는 뱌쿠야를 남자는 빙점 아래의 싸늘한 시선으로 응시한다. 그리고 천천히 코트의 품에서 흉기를 뽑아 들었다. 그는 필요 이상의 투박한 총구로 뱌쿠야의 손바닥을 바닥에 짓눌렀고, 곧바로 방아쇠를 당겼다.

듣는 이의 이성을 송두리째 날려 버릴 정도의 굉음과 함께, 뱌쿠야의 오른손이 산산조각 났다.

너무나도 당황스러운 상황에서 몸의 일부가 날아가 버린 쇼크에 뱌쿠야는 아연실색하고, 그 직후에 덮쳐 온 격통에 비명을 지르며 바닥을 데굴데굴 굴렀다.

"나, 나나난 몰라몰라몰라. 나는 아무것도 몰라! 아아아아악! 손이! 흐아아아악!"

"……."

에미야 키리츠구에게는 뜻에 따르지 않는 상대에게 정보제공을 요구하는 경험이 지나치다 싶을 정도로 풍부했다. 오랜 세월에 걸쳐 배양된 직감은, 이미 이 자리에서는 질문도 조사도 일절 필요치 않다고 냉담하게 고하고 있었다.

마토 뱌쿠야의 혼은 이미 완전히 **꺾여** 있다. 어떠한 사정인지는 모르겠지만, 뱌쿠야는 키리츠구가 찾아오기 훨씬 이전부터 자신을 벼랑 끝으로 몰아넣고 있었던 것이다. 결과적으로 키리츠구는 그를 붕괴시키는 최후의 일격이 된 듯했다. 지금의 이 남자는, 눈앞의 고통에서 벗어날 수만 있다면 조켄을 배신하는 것조차 주저하지 않을 것이다. 이렇게 되어 버린 인간은 진실밖에 말하지 않는다. 뱌쿠야는 이 몇 시간 동안 일어난 사태에 대해, 정말로 '아무것도 모른다'는 뜻이다.

즉, 납치된 아이리스필이 운반된 곳은 이 마토 저택이 아니다.

촌각을 다투는 상황 속에서 방호결계를 돌파하는 데 몇 시간을 소비했고, 그 끝에 얻은 결과가 헛수고라는 사실에는 제아무리 키리츠구라도 회한에 이를 갈 수밖에 없었다.

소거법으로 가능성을 좁혀 보면 아이리스필을 데려간 것은 마토 진영이라고밖에 생각할 수 없다. 라이더의 마스터에게는 키리츠구가 준비한 은신처를 간파할 만한 첩보능력 따윈 없었을 것이고, 토오사카에게는 어젯밤에 약속한 동맹을 이런 식으로 배신할 만한 이유가 없다.

기존에 있던 일곱 조의 마스터와 서번트와는 별개의, 새로운 적성 세력이 나타났을 가능성도 한없이 낮지만 제로는 아니다. 하지만 그것은 지금 단계에서 억측해 봤자 소용없는 이야기다. 현시점에서는 아직 서번트를 온존하고 있으며, 최종국면을 대비해서 아이리스필의 신병을 필요로 할 세 마스터 중에서 보이지 않는 적을 찾아낼 수밖에 없다.

창고 습격으로부터 이미 네 시간 남짓 경과했다. 흘러가는 시간은 1초마다 키리츠구를 승리로부터 멀어지게 한다. 멈춰 서서 생각에 잠길 여유 따윈 없다.

아픔과 공포에 흐느껴 우는 뱌쿠야에게는 더 이상 눈길 한 번 주지 않고, 키리츠구는 빠른 걸음으로 식당을 나가 마토 저택을 뒤로했다.

이어서 토오사카 저택의 마술방어진을 돌파하는 데, 키리츠구는 다시 세 시간 남짓한 시간을 소비해야 했다.

기술로서는 기적에 가까운 신기였다. 토오사카 토키오미가 설치한 결계는 대對마술사 방위시스템으로는 극상의 부류에 들어

가는 것으로, 정공법으로는 1년이 걸려도 무너뜨릴 수 없었을 것이다. 마도에 아무런 성과도 구하지 않는, 그저 술리術理의 함정을 간파하는 것만을 추구해 온 '마술사 킬러'이기에, 그런 단시간에 방벽을 해체할 수 있었던 것이다.

하지만 비교상의 소요시간이 아무리 짧더라도 키리츠구의 초조함을 부추기는 데는 충분한 시간 손실이었다. 과거, 전장에서 이 정도로까지 선수를 빼앗긴 적은 없다. 끝내 뒷문부터 안뜰을 돌파하고 안채까지 도달한 시점에서도, 여전히 키리츠구는 절박한 초조함에 시달리고 있었다. 몸을 던지는 것이나 다를 바 없는 위험한 도박으로 방어결계를 지나왔다고 해도, 마토 저택 때와 마찬가지로 이것이 아이리스필의 탈환으로 이어진다는 보증은 어디에도 없는 것이다.

키리츠구보다 앞서 아이리스필을 쫓았을 세이버도 틀림없이 실패했을 것이다. 마력공급의 패스에 아직 반응이 있는 이상 격파당한 것은 아닐 테지만, 만약 무사하게 보호되었다면 아이리스필은 발신기를 작동시켜서 키리츠구에게 위치 정보를 보냈을 것이다. 그것이 없는 이상, 세이버의 추적도 허사로 끝났다고 판단할 수밖에 없다.

신중하게 창틀의 봉인을 제거한 뒤에 유리칼을 사용해서 안쪽의 자물쇠도 풀고, 드디어 키리츠구는 토오사카 저택 내부까지 발을 들였다. 저택 안은 조명도 꺼진 채로 정적에 가라앉아 있다. 마치 빈집 같은 느낌이지만, 대저택인 만큼 곧바로 판단할 수는 없다. 버젓한 마스터인 토키오미는 마토의 장남보다는 신중할 것이다. 맞닥뜨렸을 경우에는 전투를 각오해야 한다. 물론 그 경우에는 아처에 대비해서 이쪽의 세이버도 불러들일 필요가 있다. 영주를 소비해서 다시 한 번 강제소환을 할 수밖에 없을 것이다.

아직 전투력이 미지수인 아처에 대해 세이버를 정면으로 격돌시키는 것은 어떻게 해서든 피하고 싶지만, 지금은 전략을 고를 상황이 아니다. 그래도 하다못해 일을 벌이는 것은 아이리스필이 어디 있는지 확증을 얻은 뒤로 하고 싶었다. 만에 하나라도 현시점에서 전혀 마크하지 못했던 적이 아이리스필을 확보하고 있다면, 여기서 키리츠구가 마토나 토오사카와 대결해서 소모되는 것은 그야말로 적이 바라는 바다. 울화통이 터지지만, 그런 최악의 사태도 지금은 상정하고 경계해야만 했다.

문득 어둠에 잠겨 있던 어느 방에 들어가자, 키리츠구의 후각이 무시할 수 없는 냄새를 맡았다.

피 냄새. 상당히 시간이 경과했지만 틀림없다.

눈에 마력을 집중시켜서 암시暗視의 술법을 기동시킨다. 곧바로 눈앞에 떠오르는 실내의 인테리어. 아무래도 응접실인 듯하다. 테이블 위에는 방치되어 있는 티 세트가 2인분.

그리고 호사스런 카펫 중앙에 틀림없는 다량의 혈흔이 있었다.

완전히 말라 버린 그 흔적을 키리츠구는 자세히 바라보며 검토한다. 사방에 흩뿌려진 비말은 아니지만, 단순한 부상으로 흘릴 수 있는 출혈량이 아니다. 경험상, 칼에 찔려 죽은 인간이 쓰러진 뒤에 남긴 혈흔으로 보인다.

일단 경계를 위해 키리츠구는 저택 안의 다른 방도 계속 샅샅이 수색했다. 하지만 이미 목적은 상황파악보다 오히려 거주인 수색으로 기울어 있었다.

매개이자 술법의 기점으로써, 마술에 있어서 중요한 요소가 되는 것이 혈액이다. 자신의 영내에 주술적 의도도 없이 흘린 혈액을 그대로 방치해 두는 것은, 마술을 익힌 자로서는 생각할 수 없는 상황이라고 할 수 있다. 그리고 키리츠구의 사전조사에 의하면, 토오사카 토키오미라는 남자는 그런 칠칠치 못함과는 거리가 먼 인물이다.

이윽고 별다른 어려움 없이 지하 공방까지 도달한 시점에서 예감은 확신으로 바뀌었다. 집에 있다면 물론이고, 설령 집을 비웠다고 해도 마술사가 자신의 공방에 타인이 무단으로 발을 들이게 놔둘 리가 없다. 아마도 토키오미는 저택 안에 없을 뿐만 아니라, 자택의 상황조차 파악할 수 없는 형편인 것이다.

계속해서 확신을 확증으로 굳히기 위해, 키리츠구는 주머니에서 점안약 용기에 넣어 가지고 다니는 시약 하나를 꺼냈다. 서큐

버스의 애액을 정제한 그것은, 특히 남성의 혈액이나 노폐물에 반응하여 상세한 식별을 가능케 한다.

우선 세면대에서 시약 반응을 확인한 뒤에 응접실의 혈흔에서 같은 측정을 해 보니, 반응 결과는 완전히 동일했다. 최근 수일 간 세면실에서 수염을 깎은 인물은 한 사람뿐. 그 인물의 혈액이 응접실의 카펫을 물들이고 있다….

이것으로 토오사카 토키오미의 사망 혹은 탈락은 거의 확정적이라고 봐도 틀림없을 것이다.

전혀 예상치 못했던 전개에, 키리츠구는 냉정해지려고 노력하면서 상황을 고찰한다.

저택 안에 전투를 벌인 흔적은 없다. 방치된 찻잔은 오히려 손님의 환대를 시사하고 있다. 이 방에서 토키오미는 손님으로 대접하던 누군가와 온화하게 환담을 나눈 뒤에 중상 혹은 치명상의 피를 흘리게 되었다. 아무래도 마술사를 노린 기습은 키리츠구만의 전매특허는 아닌 듯하다.

하지만 토키오미의 서번트인 아처는 그때 무엇을 하고 있었을까. 설마 마스터의 궁지를 가만히 지켜볼 리도 없다. 굳이 그럴 가능성이 있다고 가정한다면… 아처에게 토키오미가 이미 마스터로서 필요 없어졌을 경우다. 다음 계약자와 합의한 상태에서 토키오미를 모살했다면 이 결말에도 납득이 간다.

추리 끝에 나온 무겁고 답답한 해답에 키리츠구는 내장이 뒤틀리는 기분이었다.

토오사카 토키오미의 지인이며 그가 귀빈으로 보고 빈틈을 보여도 이상하지 않은 인물.

아처의 새로운 마스터가 될 수 있는, 현재 새로운 영주를 획득했을 가능성이 큰 인물…. 즉 과거에 서번트를 상실해서 마스터 권한을 잃었으면서도 아직 살아 있는 인물.

그것은 생각할 것도 없이 한 사람밖에 없다. 그리고 다시 서번트를 얻어서 성배전쟁의 장으로 돌아왔다면, 그 남자가 아이리스필을 납치해서 '성배의 그릇'을 손에 넣으려고 하는 것도 당연한 상황이다.

이리하여, 결국 에미야 키리츠구는 코토미네 키레이와의 대결이 불가피하다고 각오했다.

심야임에도 불구하고 언덕 위의 교회에는 눈부신 조명이 들어와 있었다.

지상에서의 안식을 약속하는 신의 집을 앞에 두고, 작지만 모순된 감상이 마토 카리야의 발을 멈춰 세운다.

기도하는 장소라는 형식뿐인 위로에, 쉽게 넘어가 안도하는 인간의 단순함. 그것을 비웃는 한편으로, 그런 기만에라도 의지하지 않으면 살아갈 수 없는 인간의 나약함에 공감할 수밖에 없는 기분도 있다.

인간 세상의 괴로움이 전부 신이 내린 시련이라는 설교를 듣는다면, 카리야는 그 손으로 신과 그 사도를 목 졸라 죽이고 싶은 충동에 휩싸였을 것이다. 하지만 신이 아닌 인간의 손이 진실로 누군가를 구제할 수 있느냐는 질문을 받는다면…. 시시각각 여위어 가는 자신의 몸을 돌아보고 카리야는 초연하게 입을 다물 수밖에 없었다.

한 걸음, 또 한 걸음 착실하게 카리야는 성배에 다가가고 있다. 하지만 그 배의 속도로 몸속의 각인충은 그의 생명을 좀먹어 간다. 귀를 기울이면 온몸에서 피와 살을 빨고 뼈를 깎아먹는 벌레들의 울음소리가 들릴 것 같다. 욱신거리며 몸을 괴롭히는 각인충에 의한 통증은, 이미 카리야에게 호흡이나 심장의 고동소리 같은 육체의 일부가 되어 있었다. 의식은 항상 몽롱하게 흐려지고, 긴장을 풀면 시간의 흐름조차 모호하게 느껴진다.

결코 자신에게 허락하지 않겠다고 맹세했던 체념의 마음이, 갈라진 금의 틈새로 스며드는 물처럼 조금씩 조금씩 마음을 침식해 간다.

앞으로 몇 번 더 싸울 수 있을까.

앞으로 며칠 더 살아 있을 수 있을까.

이 손에 성배를 쥐고 사쿠라를 구제하려 한다면, 마지막으로 의지할 것은 기적밖에는 없지 않을까.

그렇다면 카리야는 기도해야 할까. 지금 눈앞에 우뚝 선 맞배 지붕 꼭대기에서, 땅을 기는 벌레 같은 자신을 초연하게 내려다보는 십자가에 무릎을 꿇고 빌어야 하는 걸까.

'말도 안 되는 소리…!'

굴욕적인 나약함에 홀려 있던 자신을, 카리야는 저주하듯이 질타한다.

자신은 얼토당토않은 구원을 원해서 이런 시간에 교회를 방문한 것이 아니다. 오히려 정반대다. 오늘 밤의 카리야는 원수의 피를 원해서 이곳에 왔다. 코토미네 키레이의 말이 사실이라면, 지금 예배당에서 카리야의 방문을 기다리는 것은 토오사카 토키오미다. 참회도 아니고 예배도 아닌, 그저 원한을 풀기 위해 카리야는 제단 앞에 선다. 한 번은 패배했던 토키오미와의 재대결을, 있을 수 없었을 리턴 매치를 코토미네 키레이가 준비해 주었다. 오늘 밤은 그 증오스런 마술사를 깜짝 놀라게 만들 마지막 찬스일 것이다. 결코 실수는 할 수 없다.

가슴에 뜨겁게 타오르는 증오의 불길은 육체의 고통도 갈등과 절망도 모든 것을 깨끗이 불태워 재로 만든다. 지금의 카리야에게는 그것이야말로 모든 신앙을 능가하는 구원이자 치유였다.

단 한 번의 공격도 성공하지 못하고 끝난 지난번 싸움의 기억이, 더욱더 카리야의 내부에서 분노를 부채질한다.

아오이를 빼앗은 토키오미를, 사쿠라를 버린 토키오미를 이 손으로 거꾸러뜨릴 순간만을 생각한다. 그것만으로 머나먼 성배도, 패배에 대한 공포도 잊을 수 있었다. 오로지 증오에 내몰리는 자동기계로 완전히 변했을 때만 마토 카리야의 가슴속은 모든 고통에서 해방된다. 입가에는 웃음이 흘러넘칠 정도다. 지금이라면 버서커를 해방하는 것에도 공포는 없다. 그렇게 함으로써 토키오미의 심장을 도려내고 그 피를 온몸에 뒤집어쓸 수 있다면, 잃을 것은 아무것도 없다는 생각까지 든다.

짐승 같은 호흡에 어깨를 떨면서, 카리야는 교회의 문 앞까지 걸어가서 온몸에 끓어오르는 살의를 안고 천천히 문을 밀었다.

예배당 안을 부드럽게 비추는 촛대의 불빛과는 반대로, 너무나도 조용한 공기는 마치 얼어붙은 듯이 정지해 있다. 어딘가 묘지 같은 그 분위기에 카리야는 사소한 위화감을 느꼈지만, 그것도 신도석 맨 앞줄에 앉아 있는 인물의 뒤통수를 발견하자마자 끓어오르는 분노에 덮여 사라졌다.

"토오사카, 토키오미…!"

살의를 담아 던진 목소리에, 그러나 대답은 없었다. 완벽한 묵살을 저 마술사 나름의 오만한 태도라고 받아들이고, 카리야는 성큼성큼 통로를 나아가며 토키오미와의 거리를 좁힌다.

"나를 죽였다고 생각하고 있었나, 토키오미? 하지만 어설펐구나. 네놈에게 복수할 때까지 나는 몇 번이고…."

하지만 토키오미는 등 뒤의 카리야에게 무방비한 뒷모습을 보인 채로 아무런 반응도 보이지 않는다. 역시나 카리야도 수상함을 느끼고 경계하며 걸음을 늦추었다.

설마 카리야를 속일 미끼로 인형이라도 앉혀 둔 것은 아닐까. 하지만 가까이에서 본 그 어깨 폭과 단정하게 정리된 곱슬머리의 윤기, 엿보이는 귀의 모양까지도 틀림없이 토오사카 토키오미의 그것이었다. 예전에 눈에 새겨 두었던 원수의 모습을 결코 잘못 볼 카리야가 아니다.

이제 손을 뻗으면 닿을 거리까지 와서, 카리야는 발을 멈춘다. 여전히 미동도 하지 않는 토키오미의 등을 증오, 그리고 어쩐지 정체를 알 수 없는 혼란과 불안에 사로잡힌 채로 응시한다.

"토오사카…."

손을 뻗는다.

그저께, 그의 공격을 전부 막아낸 방어화염. 그 작열을 떠올린 본능이 접촉을 기피한다. 하지만 앞으로 몇 센티미터 앞에 노출된 목덜미를 움켜쥐고 부러뜨리고 싶은 충동에 도저히 저항하지 못하고, 끝내 떨리는 손끝은 화려한 넥타이로 장식된 옷깃까지 닿는다.

그렇게 살짝 건드린 것만으로, 신도석에 기대어져 있던 주검은 균형을 잃었다.

이완된 사지는 실이 끊어진 인형이나 마찬가지였다. 토오사카 토키오미의 싸늘히 식은 시체는 나무토막이 무너지듯이 맥없이 쓰러지며 카리야의 팔 안으로 굴러 떨어졌다.

"……."

그때 마토 카리야는 망치로 머리를 얻어맞은 듯한 강렬한 충격과 혼란에 휩싸였다.

텅 빈 껍데기와 다름없는 공허한 사자의 얼굴은 틀림없이 진짜이며, 그 용모는 의심할 여지도 없는 토오사카 토키오미의 그것이었다. 그 시점에서 카리야는 토키오미의 죽음을 사실로서 받아들일 수밖에 없었다.

예전에 자신을 깔보던 건방진 냉소, 은근하며 냉혹한 어조와 비웃는 말들. 토오사카 토키오미를 둘러싼 수많은 기억 전부가 카리야의 사고를 가득 채우고, 파열되었다. 그 파열은 토키오미라는 존재를 기점으로 카리야의 안에 소용돌이치고 있던 정념을, 동기를, 충동을 전부 동일하게 날려 버릴 정도이기도 했다.

"어… 어… 어째서?"

그리고 말이 없는 주검을 안은 채로 멍청히 멈춰 서서, 카리야는 자신의 내부에 뻥 뚫린 커다란 구멍에 아연실색하고 있었다. 그 동굴은 너무나도 커서, 마토 카리야라는 인격의 윤곽조차도 붕괴시켜서 판별할 수 없을 정도로 바꿔 버리는 것이었다.

그때가 되어서야 비로소 카리야는, 원수 토오사카 토키오미라는 요소를 상실한 뒤의 자기 자신에 대해 아무런 예상도 상상도 하지 않았다는 것을 너무나도 뒤늦게 깨달았다. 억누를 수 없는 동요 탓에 카리야는 대체 어째서 자신이 토키오미와 싸우고 있었는가, 무엇을 바라며 성배전쟁에 참가하고 있었는가, 그런 대부분의 사정까지도 순간적으로 망각하고 말았다.

그리고….

"…카리야 군?"

지금 예배당 안에 발을 들인 새로운 방문자의 존재를, 뒤에서 부르는 그립고도 사랑스러운 목소리의 주인을 카리야는 치명적인 그 순간까지 깨닫지 못했다.

망연자실한 모습으로 돌아본 카리야는 어째서 그곳에 토오사카 아오이가 서 있는지, 일이 돌아가는 상황을 도저히 이해할 수 없었다. 만약 제대로 사고할 수 있었더라면 누군가에게 불려 오지 않고서는 아오이가 이런 장소에 올 리 없다는 것도, 미리 예배당에 토키오미의 시체를 배치할 수 있던 인물이 한 명밖에 없다는 것도, 더욱 거슬러 올라가서 토키오미를 죽인 용의자에 대해서까지도 어렵지 않게 추측할 수 있었을 것이다.

"아…으……."

하지만 극도의 혼란에 빠진 나머지, 카리야는 의미를 지닌 말을 입 밖에 내지도 못한 채 그저 아무렇게나 신음을 흘릴 수밖에 없었다. 비틀거리며 물러서던 중에 팔 안에 안고 있던 토키오미의 시체가 짐이 든 주머니처럼 털퍼덕 하고 예배당 바닥에 떨어진다. 남편의 변해 버린 모습을, 아오이는 오랫동안 응시하고 있었다. 응시한 채로 움직이지 않았다.

"아오이, 씨…. 나는…."

한마디도 하지 않고, 아오이는 빨려들어 가듯이 천천히 토키오미의 시체를 향해 걸어간다. 이유도 없이 압도된 카리야는 더욱 뒤로 물러서고, 단 몇 걸음 만에 장애물에 등이 가로막혔다. 그를 재판하듯이 냉엄하게 미동도 하지 않는 그것은 예배당의 제단이었다.

바닥에 무릎을 꿇고 토키오미의 상체를 안아 올리는 아오이를, 카리야는 도망갈 곳을 잃은 채로 지켜볼 수밖에 없었다. 어째서 아오이가 그런 행동을 하는지, 카리야는 이해할 수 없었다.

아니, 이해하고 싶지 않았다. 어째서 그녀가 소꿉친구인 자신에게는 눈길 한 번 주지 않고 토키오미의 시체를 바라보고 있는지, 그 뺨을 거침없이 적시는 눈물이 무엇을 의미하는지. 완고하게 이해를 거부하고 있는 카리야는, 그렇기에 단 한마디도 발할 수 없었다.

기억이 옳다면, 나는 누구보다도 사랑했던 여성을 두 번 다시 울리지 않기 위해서 목숨을 버리면서까지 싸워 왔을 텐데….

그렇다면 지금 눈앞에서 오열하는 그녀는 누구인가. 그것을 받아들이는 것만으로도 마토 카리야는 붕괴되어 버리는 것이 아닐까.

그녀는 카리야를 보고 있지 않다. 마치 그가 공기라도 되는 것처럼 무시한 채로, 남편의 주검에 눈물을 쏟고 있다. 비극의 여주인공인 그녀는, 그야말로 회전축으로서 세상의 중심에 있었다. 그런 그녀로부터 무시당한 카리야는 무대의 쓰레기나 마찬가지로, 무대 배경의 얼룩이나 마찬가지로 전혀 의미가 없는 존재다. 자신이 서 있는 위치가, 존재 자체가 지워진 듯한 착각에 카리야는 공포를 느꼈다. 지금 바로 큰 소리를 질러서 그녀의 주의를 끌고 싶은 충동을 느꼈다. 그러나 쉬어 버린 목구멍에서는 한마디의 말도 나오지 않는다.

이윽고 간신히 얼굴을 든 아오이가 자신을 향해 시선을 던졌을 때, 카리야는 깨달았다. 묵살은 오히려 자비로운 것이었다고.

그때 세상에서 사라졌더라면 그래도 아직 얼마간의 구원이 있었을 거라고.

"…이걸로 성배는 마토의 손에 넘어간 것이나 마찬가지네. 만족했어? 카리야 군."

익숙한 목소리지만 이제껏 들은 적 없는 음색이었다. 왜냐하면 다정한 소꿉친구였던 그녀는, 카리야 앞에서 단 한 번도 누군가를 증오하거나 저주한 적이 없었으니까.

"나는… 하지만, 나는….

어째서 나를 책망하는 거지? 토오사카 토키오미는 모든 악의 근원이었다. 그 남자만 없었더라면 모든 것이 잘 풀렸을 것이다. 애초에 어째서 이 녀석은 이런 장소에서 죽어 있던 거지? 묻고 싶은 것은 카리야 쪽이었다.

"어째서야…?"

여자는 그러나 카리야의 발언을 허락할 여지조차 주지 않고 반대로 질문해 왔다.

"마토는 나에게서 사쿠라를 빼앗아 간 것만으로 부족했어? 하필이면 이 사람을, 내 눈앞에서 죽이다니…. 어째서 이러는 거야? 그렇게나 우리들 토오사카가 미웠어?"

영문을 모르겠다.

이 여자는 어째서 아오이와 똑같은 얼굴로, 아오이 같은 목소리로 이렇게나 끓어오르는 증오를, 차가운 살의를 마토 카리야에게 향하는 것일까.

　카리야는 아오이를 구했을 것이다. 그녀의 사랑하는 딸에게 미래를 되찾아 주었을 것이다. 그런데 어째서 원망을 받는 거지? 이 여자는 대체 누구지?

　"그 녀석이…. 그 녀석, 때문에…."

　힘없이 떨리는 손으로 토키오미의 죽은 얼굴을 가리키면서, 카리야는 온 힘을 다해 외쳤다.

　"그 남자만 없었더라면… 아무도 불행해지지 않았어. 아오이 씨도, 사쿠라도, 행복하게, 될 수 있었을…."

　"말도 안 되는 소리 하지 마!"

　귀신의 얼굴을 한 여자는 외쳤다.

　"당신 따위가 뭘 안다는 거야! 당신 따위가… **누군가를 좋아해 본 적도 없으면서!**"

　"…아…."

　쩌적, 하고.

　결정적인 균열의 소리가 마토 카리야를 붕괴시켰다.

　"나, 에게, 는…."

　좋아하는 사람이 있었다.

　따뜻하고, 자상하고, 누구보다도 행복해지기를 바라던 사람이 있었다.

　그녀를 위해서라면 목숨도 아깝지 않다고, 그렇게 생각했기에 카리야는 오늘까지 어떠한 아픔도 괴로움도 견디고, 견디고, 견디고견디고견디고견디고견디고견디고견디고견디고견디고견디고견디고견디고견뎌왔으니까부정당해도될리가허락될리가없다 나는무엇을위해서누구때문에죽을바에야차라리네가죽어버려거짓말이야거짓말이야거짓말이야나에게는좋아하는사람이틀림없이확실히나에게는….

"나에게는… 좋아하는… 사람이…."

삐걱거리는 목소리로 중얼거리면서 카리야는 두 손에 힘을 담는다.

그의 모든 것을 부정한 말, 그것을 거듭 부정하기 위해. 그 입을 막기 위해서. 그 목소리를 낳은 목을 조른다.

여자가 산소를 원하며 뻐끔뻐끔 입을 여닫는 모습은 마치 활어조에서 건져 올린 물고기 같았고, 그래도 여전히 그를 매도하는 말을 자아내고 있는 것처럼 보여서 더욱 카리야를 격앙하게 만들었다.

입을 다물게 하지 않으면 모든 것이 끝난다. 오늘까지의 모든 것이 무의미해진다. 그런 일이 용납될 리가 없다.

실제로 이미 광기만이 마토 카리야를 구제하는 최후의 보루였다. 그럼에도 불구하고 그런 최소한의 구원조차, 그는 마지막 순간에 놓쳐 버렸다. 치아노제를 일으켜 흙빛으로 변해 가는 여자의 풍모가 가슴에 감춰 두었던 사랑하는 이의 얼굴과 너무나도 비슷하다는 것을… 아니, 그 자체임을 결국 카리야는 깨달아 버렸다.

"…아."

문득 힘을 잃은 두 손에서, 아오이의 목이 미끄러져 떨어진다.

털썩, 하고 바닥에 쓰러진 그녀는 혼절한 채로 꼼짝도 하지 않는다. 생사를 확인할 수 있을 정도의 냉정한 판단력 따윈 가지고 있지 않은 카리야에게는, 그것이 토오사카의 그것과 마찬가지로 숨이 끊어진 주검으로 보였다.

"아, 아…."

지금 막, 온 힘을 다해 아오이의 목을 졸랐던 두 손을 바라본다. 무엇보다 소중했던 것, 그에게는 살아갈 의미 자체였던 것을 없애 버린 열 개의 손가락은 마치 다른 사람의 것처럼 굳어 있었지만… 의심의 여지도 없이, 얼버무릴 수도 없이 그 자신의 것이었다.

마치 벌레 같다고 생각했다. 떨리며 꿈틀거리는 열 손가락은, 사쿠라의 피부 위를 기어 다니는 음충을 쏙 빼닮아 있었다.

"아아아아아아아아아아아아아아아……!"

부서진 얼굴을 마구 긁어 댄다.

메마른 머리를 쥐어뜯는다.

목에서 뿜어져 나온 절규는 비명인지 통곡인지, 그것조차도 확실치 않다.

마지막 한 조각의 이성마저 잃고, 그저 짐승 같은 본능으로 도주만을 갈구하며, 카리야는 비틀거리는 걸음으로 예배당 밖으로 뛰어나갔다.

별 하나 없는 밤의 어둠이 모든 것을 잃은 남자를 맞이했다.

후유키 교회의 예배당에는 사제밖에 모르는 비밀이 있다.

예배당과 그 뒤편의 사제실을 가로막은 벽은 사실 칸막이로서의 의미밖에 없다. 예배당에서 발생한 소리는 전부 사제실에 그대로 들리는 구조로 만들어진 것이다.

그렇기에 코토미네 키레이는 느긋하게 사제실의 의자에 앉아서 예배당에서 벌어지는 비극 전부를 빠짐없이 들을 수 있었다.

깊은 생각에 잠긴 것 같은 그 옆얼굴을 향해, 옆에서 지켜보고 있던 황금의 서번트가 물었다.

"시시한 삼류 연극이었지만, 처음 쓴 대본치고는 나쁘지 않군. 어떤가, 키레이? 감상은."

"……."

묵묵히 허공을 바라보면서 키레이는 손에 든 글라스의 와인을 마신다.

이상한 감각이었다. 머릿속으로 그렸던 줄거리가, 피와 살과 혼을 가진 인간들에 의해 그대로 재현된 것이다.

예상 밖의 문제는 아무것도 없었다. 마토 카리야도 토오사카

아오이도, 각자 키레이가 전한 용건을 그대로 믿고 지정된 시각대로 완벽한 타이밍에 교회를 방문해서 대면했다. 토키오미의 시체라는 소도구도 그야말로 생각대로의 효과를 발휘했다. 치유 마술의 응용으로 사반死斑과 사후경직을 조정해 두었기 때문에, 실제로는 사후 반나절 이상이나 경과한 시체라고는 아무도 간파하지 못했을 것이다.

그렇지만 아무것도 예상을 배반하지 않은 전개라면 아무런 놀라움도 없을 터인데… 막상 마지막까지 지켜보니 기묘한 흥분이 일었다.

굳이 말하자면 '생생함' 일까.

조금 전의 슬픈 장면은 배우가 연기한 가짜 이야기가 아니다. 물론 키레이가 유도한 것이기는 했지만, 자신의 내면을 드러낸 인간들이 서로 부딪치며 불꽃을 튀긴 혼의 광채는 틀림없이 진짜였다. 그 생생함, 현장감은 예측은 고사하고 기대조차 하지 않았던 것이었다.

길가메시의 물음에 어떻게 대답해야 할지 망설이면서, 키레이는 다시 입에 머금은 와인의 향기를 음미한다. 그렇다, 놀라운 것으로 말하자면 오히려 이 술이 더욱 놀라웠다.

"…어째서일까. 전에도 마셨지만, 이 와인이 이렇게나 깊은 맛을 지니고 있는 줄은 깨닫지 못했어."

진지한 얼굴로 술잔을 바라보는 키레이에게, 영웅왕이 미소 지었다.

"술의 맛이란 안주에 의해 의외로 많이 변하는 법이거든. 키레이여, 아무래도 견식을 넓히는 것의 의미를 이해하기 시작한 것 같구나."

"……."

만족하며 기뻐하는 길가메시에게 대답할 말을 떠올리지 못한 채로, 키레이는 공중에 들어 올린 글라스를 내려놓고 자리에서 일어섰다. 뒤에 기다리고 있는 일을 생각하면, 이렇게 유유자적하게 있을 수만은 없다. 예배당에 쓰러져 있는 아오이의 상태는 틀림없이 응급처치를 필요로 할 테고, 도주한 카리야를 데려와서 다음 역할을 맡길 준비도 해야 한다.

그리고 사제실을 나가기 전에 다시 한 번 빈 글라스를 흘끗 본 키레이는, 그제서야 간신히 자신이 다 마신 술을 아쉬워하고 있음을 깨달았다.

절실히 생각했다. 이 정도로 맛있는 술이라면, 꼭 다시 마셔보고 싶다고.

Fate / Zero [5]
어둠의 태동

2014년 5월 7일 초판 발행
2023년 7월 20일 6쇄 발행

저자	우로부치 겐
일러스트	타케우치 타카시
역자	현정수

발행인	정동훈
편집인	여영아
편집팀장	황정아
편집	김은실
미술	윤석민
제작부장	김장호
제작	김종훈 정은교
국제부 국장	손지연
국제부	최재호 김형빈 김하얀 김은영
마케팅 국장	김병훈
마케팅	채인석 조정아
디자인	Veia

발행처	(주)학산문화사
등록	1995년 7월 1일
등록번호	제3-632호
주소	서울특별시 동작구 상도로 282 학산빌딩
편집부	02-828-8894(전화)
마케팅	02-828-8986(전화)

ISBN 979-11-5597-263-2 04830
ISBN 979-11-5597-134-5(세트)

값 10,000원